El aprendiz de brujo
y Los Invisibles

Jordi Sierra i Fabra

El aprendiz de brujo
y Los Invisibles

edebé

Primera parte:
La noche de los muertos
vivientes

1
La extraña poción
del profesor Haggath

A veces no sabía cómo conseguía moverse con su silla de ruedas entre tantos cientos, miles de botes, botellas, cajas, recipientes o pebeteros llenos de polvos y líquidos de todos los colores. Y, sin embargo, lo hacía, y lo hacía rápido, con precisión milimétrica. Como precisas eran las medidas que tomaba de cada lugar. Una cucharadita de polvos rojos, dos pizcas de polvos verdes, un vaso de líquido azul, medio de líquido amarillo, el justo y exacto rabo de lagartija, las tres hojas de plantas recién cortadas por la mañana o la hoja de planta seca cuidadosamente guardada, las especias, el ojo de una rata muerta, la plu-

ma de una paloma, un poco de viento captura-
do al vuelo, unas gotas de lluvia de primavera...

Todo iba a parar a la vasija que se calentaba al fuego y de la cual fluía un humo blanco,
casi vivo. Un humo que adoptaba formas en
el aire durante un segundo, o dos, y luego...
se desvanecía. En la vasija, los ingredientes
hervían formando burbujitas.

Era lo único que se oía, porque la silla de
ruedas del profesor Haggath era silenciosa.

«Plub, plub, plub».

Mortimer lo observaba todo desde un rincón.

Sin apenas respirar.

Porque el profesor Haggath tenía muy
malas pulgas.

Era capaz de convertirle a él en una lagartija, y más tarde quitarle el rabo para utilizar-
lo en una de sus pócimas.

—Bien, esto ya casi está —se detuvo de
pronto el alquimista con un deje de orgullo
en la voz.

Los dos, uno de cerca y el otro de lejos, se quedaron mirando la cocción de la extraña mezcla.

Solo faltaba lo último.

Lo más importante.

Que el profesor Haggath pronunciara las palabras mágicas y adecuadas en el momento único y preciso.

«Miau...», maulló *Arquímedes*, el gato y mejor amigo del profesor.

—Cállate, que no es tu cena —se lo reprochó él.

Arquímedes hundió la cabeza entre las patas delanteras, cerró los ojos y colocó el extremo de su larga cola frente a ellos, como si, puesto que no era su cena, no quisiera ver nada de lo que estaba haciendo.

Mortimer sabía que *Arquímedes* era malo.

Solo le faltaba hablar.

¿Y si en otro momento de su vida fue un niño o una niña y el profesor Haggath lo había convertido en gato?

¿Era posible?

Bueno, la magia... no, la magia no. El poder alquimista del profesor era muy notable, pero tanto...

Además, *Arquímedes* lo adoraba.

El reloj de la iglesia de St. John's rasgó la noche con sus campanadas, lentas, graves. Mortimer las contó, aunque sabía perfectamente que eran once. Cuando la última se extinguió por el aire, la luz de la luna penetró por la ventana, como una admonición, en el momento en que unas nubes se apartaron para descubrirla.

El chico miró por la ventana.

La luna estaba llena, como tenía que ser para que la pócima funcionara. Llena, perfecta, blanca, igual que un faro iluminando la oscuridad.

Ella le marcaría el camino.

Tendría que correr para llegar antes de la medianoche al cementerio de Parr-Harway.

El humo que salía de la vasija calentada al

fuego formó una calavera en el aire. Una calavera tétrica, de grandes ojos negros. Flotó ingrávida hasta que, poco a poco, su boca de dientes rectos comenzó a subir por los lados.

Mortimer se acurrucó un poco más en su rincón.

Había momentos en que, pese a todo, el miedo le poseía.

La calavera sonrió.

Entonces el profesor Haggath comenzó el conjuro.

La parte final de todos sus trabajos, porque a él no le gustaba llamarlos hechizos. No era un mago. Como mucho, un brujo. Un brujo con el poder ancestral de todos los dominadores de la energía, los sabios capaces de entender la física y la química de los elementos, mezclándola con la fuerza de las sombras y los ritos heredados de la oscuridad del pasado.

Algo que solo pasaba de padres a hijos, o de maestros a aprendices.

—¡Aixakalandra munharis guggan ha!

—levantó las dos manos al cielo sin dejar de mirar a la calavera sonriente—. ¡Que el río de la vida vuelva a fluir en ti! ¡Que la tierra te devuelva su energía! ¡Que las sombras den paso a una nueva luz!

La calavera sonrió más.

El profesor Haggath extendió las dos manos por encima del recipiente.

—¡*Moh ajkadarm suggestered vij!* —gritó.

La calavera se desvaneció lentamente.

La vasija tembló.

El fuego que la calentaba se apagó de repente.

—¡Sea!

Y se hizo el silencio.

Hasta las velas, cuyas llamas habían oscilado nerviosas un momento antes, las mantuvieron ahora muy quietas, llenando con su difusa claridad el laboratorio.

Siempre que acababa la elaboración de una poción, el profesor quedaba exhausto, y esta vez no fue menos. Se dejó caer hacia atrás en la silla y jadeó como si acabase de hacer una larga carrera sobre sus piernas. *Arquímedes* volvía a tener los ojos abiertos. Mortimer salió de su rincón.

—¿Quiere que lo haga yo, señor? —le preguntó a su amo al ver su agotamiento.

Peter Hawthorn-Thorne Haggath alzó la mano derecha.

—Insensato —jadeó—. ¿No ves que una sola gota derramada, una sola, cambiaría el devenir de los acontecimientos según dónde cayera?

—Solo quería ser de más ayuda —inclinó la cabeza sumiso.

—Ya lo eres —dijo el alquimista—. Para ser un niño no lo haces mal. Y eres listo. Quizás algún día heredes mis conocimientos. Pero mientras...

Mortimer sacó pecho.

Algún día.

De momento solo tenía doce años y apenas llevaba tres con su maestro.

Escogido entre todos los del orfanato Monroe.

Lo dejó hacer. Haggath seleccionó una botella de cristal con un tapón de corcho. Lo sacó y le puso un embudo en el gollete. Luego, protegiéndose ambas manos con guantes de piel, tomó la ardiente vasija con cuidado, y con más cuidado todavía vertió el líquido final en la botella a través del embudo.

Más que un líquido, era una pasta que no se pegaba ni a la vasija ni al embudo, como el mercurio, que parecía líquido pero no mojaba ni dejaba restos. Su color era extraño, gris oscuro con pintitas rojas, verdes, azules, amarillas y naranjas. Hasta la última gota pasó de la vasija a la botella, que quedó prácticamente colmada. Una vez depositada la vasija de nuevo sobre las brasas misteriosamente apagadas, el profesor cerró la botella con el tapón.

—Tu turno —le dijo a Mortimer.

El chico fue a asirla.

La mano de su amo lo agarró.

—Escucha —hizo que le mirara a los ojos—. Has cumplido muchos encargos, has sido un eficaz recadero y sirviente, nunca has tenido un problema, eres rápido, fiel, y eso te honra. Pero esto —señaló la botella con la otra mano— es diferente. Muy diferente a lo que imagines, o hayas podido ver aquí hasta ahora. Se trata de un encargo especial. En la vida únicamente había hecho uno parecido, hace bastantes años. Es una poción muy muy fuerte, única, difícil, que solo puede funcionar esta noche. La persona que lo ha pedido me pagará mucho dinero por esto —sus ojos se empequeñecieron un poco—. En primer lugar, debes llevárselo antes de las doce. En segundo lugar, debes entregar la botella intacta. No la abras. ¡Que no se derrame ni una gota! ¿Lo has entendido? ¡Ni una! ¡Si una sola de esas gotas cayera en otro lugar, podría desencadenar algún hecho... preocupante, por decirlo de forma suave!,

¿entiendes? Plimton se encarga de cobrar. Tú, llévalo. ¿Recuerdas la dirección?

—Cementerio de Parr-Harway, detrás de la parroquia de la Madeleine, al fondo, junto al muro que da al río. Ellos estarán allí, esperándome.

—Bien —la mano dejó de presionarle el brazo—. ¿Llevas tu zurrón?

—Sí —se lo mostró.

El profesor Haggath atrapó la botella con las dos manos. Debía de contener al menos un litro. Él mismo se la colocó en el fondo acolchado del zurrón, a prueba de tropezones inoportunos y caídas. Mortimer notó su peso.

—Vamos, corre —le ordenó su amo—. Tienes el tiempo justo.

—Sí, señor.

Dio media vuelta. Los primeros pasos.

«¡Miau!», maulló *Arquímedes*, como si le despidiera.

—¡No corras, pero ve rápido! —fue lo último que escuchó de labios del alquimista.

¿Cómo se iba rápido sin correr?

Ya en la calle se lanzó a tumba abierta.

Qué caramba, tenía doce años, era ágil, nunca se había caído.

2
Una bestia en el cementerio de Parr-Harway

Mortimer Saw trabajaba para el profesor Haggath desde hacía tres años. Un día, en su silla de ruedas y empujado por Lucius Plimton, se había presentado en el orfanato solicitando un niño joven y sano para que fuera su ayudante. No iba a ser un padre amantísimo, pero a los del orfanato les daba igual, como siempre. Tenían exceso de niños, y si alguien quería uno…, mientras se comprometiera a alimentarlo, era suficiente. Peter Hawthorn-Thorne Haggath era una celebridad. ¿A qué objetar nada? Acababa de quedarse paralítico por un desgraciado accidente.

O eso se decía.

Ni toda su ciencia..., ni sus dotes de brujo, desconocidas para el mundo entero, habían podido devolverles la vida a sus piernas. Quizás se tratase de una maldición.

Así que, en aquellos tres años, Mortimer se había convertido en ellas. Hacía la compra, cocinaba, limpiaba y, sobre todo, le ayudaba en su laboratorio secreto. Lucius Plimton, por su parte, se encargaba de buscar a los clientes. ¿Cómo? Yendo de aquí para allá agudizando el oído y ofreciéndose «en nombre de un poderoso médico oriental con mágicos remedios». ¿Dónde? En bares y tabernas, comercios, consultas médicas o, incluso, en los juzgados, donde los seres humanos debatían sus cuitas. Si algo tenía remedio, mediante una poción, y el cliente podía pagar...

Nadie sabía que detrás de todo estaba el profesor Haggath.

Plimton hacía el contacto, comentaba el

caso con el alquimista, y luego Mortimer se encargaba de servir... el pedido.

Había llevado crecepelos milagrosos, pócimas para que una persona consiguiera el amor de otra, pócimas para que una persona dejara de amar a otra, remedios contra el dolor de estómago o de los huesos, soluciones para que un pésimo estudiante abriera la mente y se convirtiera en excepcional, ungüentos para eliminar el mal olor, cremas para que alguien pareciera hermosísima o hermosísimo a ojos de otra persona, o de los demás en general, pastillas para el olvido, pastillas para activar la memoria...

Pero nada como aquello.

El contenido de la botella.

¿De qué podía tratarse? ¿Por qué la pérdida de una sola gota quizás resultase tan traumática? ¿Y por qué la entrega debía hacerse en un lugar tan poco acogedor como un cementerio, de noche, con luna llena, antes de las doce?

Demasiadas preguntas.

Mortimer no era un metomentodo, había aprendido a ver, oír y callar, pero la curiosidad...

Bueno, pronto sabría la verdad.

Tardó quince minutos en cruzar el pueblo sin que nadie le molestara, porque a semejante hora, todas las personas decentes estaban en sus casas y en la cama. No solo no vio a ningún ser humano, sino que tampoco se cruzó con carruaje o jinete alguno. Tardó otros quince en atajar por el campo para llegar a Parr-Harway y cinco en orientarse hasta dar con la parroquia de la Madeleine. Faltaban veinte minutos para la medianoche.

El cementerio no era muy grande, así que todo salía a pedir de boca. La zona del río quedaba al otro lado. En cinco minutos más entregaría el pedido y todo terminaría.

Tocó el zurrón, feliz y orgulloso, y entonces...

Primero escuchó el gruñido.

Se detuvo en seco. Conocía muy bien ese sonido.

El que emitía un perro cuando estaba furioso o a punto... de atacar.

Segundo, percibió los pasos.

Volvió la cabeza.

El perro, o más bien dicho: el monstruo, porque parecía una bestia prehistórica, ya corría hacia él, dispuesto a aprovechar la sorpresa. Bajo la luna llena, ahora en un cielo sin nubes, Mortimer vio los ojillos inyectados en sangre, las mandíbulas abiertas, los colmillos acerados como cuchillos. Era absurdo plantarle cara. El mastín era casi tan grande como él. Su única oportunidad consistía en correr.

Correr para saltar el muro del cementerio, o subirse a un árbol.

Si saltaba el muro, ¿cómo regresaría para entregar el pedido? Y, si se subía a un árbol, ¿acaso el perro no le esperaría abajo el tiempo que hiciera falta?

—Oh, no.... —aceleró la carrera lo mismo que se aceleraba su corazón.

Los árboles quedaban lejos, y para alcanzarlos tendría que saltar por encima de aquellas tumbas. El muro, en cambio, ofrecía mayores posibilidades. No era muy alto, como de metro y medio. De lo que no estaba tan seguro era de que el mastín no pudiera saltarlo como lo haría él.

La carrera se hizo agónica.

Logró mantener al perro a distancia. Era tan grande y pesado que no avanzaba más de lo que lo hacía el perseguido. Mortimer miró dos o tres veces hacia atrás.

Hasta que sucedió lo inevitable.

Pudo ser una raíz a ras de tierra, o una piedra, o la esquina de una tumba, o una de tantas elevaciones bajo la cual reposaba para la eternidad un ser humano al pie de una cruz o una lápida.

Fuere lo que fuere, Mortimer tropezó.

Y supo que, con ello, estaba perdido.

Adiós a la entrega del pedido.

Adiós a su propia vida.

El vuelo por el aire fue grotesco. Agitó los brazos, como si pretendiera volar. Pataleó, como si quisiera correr. Abrió los ojos y la boca, los primeros para tratar de ver adónde iba a caer y la segunda tentado de gritar.

Lo peor no fue eso.

Lo peor fue que la botella se salió del zurrón, y también echó a volar por su cuenta.

Mortimer intentó atraparla.

Un movimiento, «¡zas!».

Otro, «¡zas!».

Un tercero, «¡zas!».

Primero cayó él, de lado, intentando sujetar la botella. Al menos lo hizo sobre una tierra blanda. Segundo, con el rabillo del ojo, vio al perro, feliz porque ya lo tenía a su alcance. Tercero, en su desespero, golpeó la botella con la mano sin atraparla, lo cual hizo que rebotara entre sus dedos, volando un poco más.

Y cuarto, se le salió el tapón.

Mortimer llegó a olvidarse del perro.

Bajo la luna llena, radiante, igual que si la escena sucediera a las doce del mediodía, vio cómo por el gollete salían despedidas tres gotas.

Tres, brillando opacas como tres estrellas suspendidas en el aire.

Mortimer consiguió atrapar la botella justo antes de que se estrellara contra el suelo.

No se derramó ninguna gota más.

Pero aquellas tres cayeron sobre la tierra fresca por la humedad de la noche y las pasadas lluvias, justo sobre el montículo en el que estaba él, bajo una lápida muy pequeña.

Apenas si levantaron un humo gris y leve antes de desaparecer.

Se hizo el silencio.

Entonces recordó al perro.

Volvió la cabeza.

El mastín se había detenido a un metro de él.

Olisqueaba el aire.

Miraba la botella.

De pronto el animal emitió un lastimero gemido, en parte de miedo, en parte de dolor, y dando media vuelta se alejó aún más rápido de lo que le había perseguido.

—Pero ¿qué...? —musitó Mortimer.

¿Cuánto tiempo había perdido? ¿Cinco minutos? ¿Más? ¿Menos? Tenía la botella. La tenía. Con tres gotas menos, pero la tenía.

Lo primero que hizo fue buscar el tapón y sellarla de nuevo.

Después la guardó en el zurrón y se puso en pie de un salto.

Miró aquella tumba.

Nada.

La voz del profesor Haggath retumbaba en su cabeza:

—Es una poción muy muy fuerte, única, difícil, que solo puede funcionar esta noche. La persona que lo ha pedido me pagará mucho dinero por esto. En primer lugar, debes llevárselo antes de las doce. En segundo lugar, debes entregar la botella intacta. No la abras. ¡Que no se derrame ni una gota! ¿Lo has entendido? ¡Ni una! ¡Si una sola de esas gotas cayera en otro lugar, podría desencadenar algún hecho... preocupante, por decirlo de forma suave!, ¿entiendes?

¿Qué había querido decir con lo de «hecho preocupante»?

Ni una sola gota... y, en cambio, habían caído tres.

Ya era demasiado tarde. Lo primero seguía siendo entregar la botella.

Asustado, con la cabeza del revés, echó a correr de nuevo.

No tardó en orientarse. Llegó a la parte de atrás del cementerio y allí, cerca del muro, en la zona que daba al río, vio a las dos personas. Una era Plimton. La otra, un hombre de mediana edad, desconocido, aunque con aspecto de persona pudiente. Bastaba con ver su sombrero, su capa y sus zapatos.

Alguien capaz de pagar mucho por lo que él llevaba.

3
La resurrección de Meredith Conway... y algo más

Cuando Lucius Plimton lo vio, suspiró aliviado.

—¡Creía que no llegabas! ¡Faltan apenas diez minutos!

—¡El amo me lo ha entregado con el tiempo justo...!

—¡Cállate!

Le obedeció.

Nadie podía saber que el profesor Haggath estaba detrás de todo aquello.

El hombre tenía los ojos vidriosos y, evidentemente, estaba muy expectante. Parecía más impresionado que asustado. Miró a Mortimer, pero sobre todo se fijó en su zurrón.

El niño lo abrió y sacó la botella.

Las tres gotas de menos ni se notaban.

Tres simples gotitas...

—¡Venga, dámelo y esfúmate! —le ordenó Plimton.

Era un hombre desagradable. Servía fielmente al profesor Haggath porque le debía la vida, pero su amargura hacía que jamás sonriera ni tuviera una palabra amable para nadie. Atrapó la botella de las manos del chico y se la pasó de inmediato a su compañero.

Este la tomó con manos temblorosas.

—Tenga cuidado con eso —le advirtió Lucius Plimton—. Si la derrama fuera...

—No, no —el hombre la aferró como si le fuera la vida en ello.

El colaborador del profesor volvió a dirigirse a él.

—¿No me has oído? ¡Lárgate de una vez!

Mortimer le obedeció, pero solo en parte. Fingió marcharse, caminó en línea recta, dejó que le devoraran las sombras, batidas por la luna llena, de las tumbas que le rodeaban. Allí había mausoleos, grandes estatuas que parecían humanas, conjuntos de ángeles con caras sufrientes mirando al cielo, como si el perdón lo esperaran ellos más que el cadáver que custodiaban, cruces y lápidas.

Se escondió.

A continuación, retrocedió sobre sus pasos, silencioso.

Y volvió a ver la escena que acababa de dejar atrás.

—¿Preparado? —decía en ese instante Lucius Plimton.

—Sí —apenas pudo articular el hombre.

—¿Recuerda lo que ha de decir?

—Sí, sí.

—De acuerdo. Proceda.

Se apartó un par de pasos.

Entonces Mortimer se dio cuenta de que los dos estaban delante de una tumba. En el suelo, formando un leve montículo de poco más de un metro y medio de largo, descansaba un cuerpo. En la cabecera, una gran cruz con un lienzo. No pudo ver el nombre, pero tampoco hizo falta.

El hombre sacó el tapón de la botella.

Movió su brazo hasta que la sostuvo encima de la tierra.

Y en voz alta, con el tono más firme que pudo, dijo:

—¡Oh, tú, Meredith Conway McCallister! ¡Oh, tú, esposa mía y ser adorado! ¡Yo te invoco para que vuelvas a la vida!

Mientras lo decía, dejó caer el contenido de la botella en la tierra.

De arriba abajo, sin dejar de repetir:

—¡Meredith, mi ángel, ven! ¡Meredith, te invoco! ¡Que lo que la tierra que te cubre te robó, te sea devuelto! ¡Que la energía que tu alma se llevó, reaparezca en ti a través de tu nueva vida!

Cayó la última gota.

Y como había sucedido antes, al perder él

aquellas tres, lo único que quedó del extraño líquido, al penetrar en la tierra, fue un leve humo grisáceo que se evaporó en el aire.

Ninguna humedad.

Nada.

El hombre bajó los brazos. Plimton le quitó la botella. Los dos guardaron silencio sin apartar sus ojos de la tumba.

Pasó un minuto.

Dos.

Algunos más.

Ni ellos se movían ni Mortimer se atrevía casi a respirar.

En alguna parte, quizás cerca, quizás lejos, tal vez en la misma parroquia de la Madeleine, las campanadas de la media noche desgranaron sus lúgubres aldabonazos.

Y al restallar el último...

La tumba se estremeció.

El suelo vibró como si un pequeño terremoto lo afectara.

Otro puñado de segundos.

¡Hasta que una mano atravesó la tierra y salió de ella, con los dedos muy abiertos!

—¡Oh, Dios...! —el hombre cayó de rodillas con las suyas unidas.

Hizo ademán de querer ayudar.

—No —lo detuvo Lucius Plimton—. Ha de ser ella.

Continuaron quietos.

Mortimer vio cómo la mano apartaba la tierra con gestos secos, imprecisos. Apareció la otra y todo fue más rápido. Después lo hizo una cabeza, emergiendo bajo la cruz.

Estaba sucia, pero el blanco de los ojos brilló en la noche.

Abrió la boca.

Llenó los pulmones con el nuevo aire de su vida.

—¡Meredith! —gimió el hombre.

Ella lo vio.

—¡Charles!

Salió de la tumba por sí misma, y una vez fuera, saltó sobre los brazos de su marido.

Porque sin duda era su esposo.

—¡Oh, mi ángel, mi amor, estás viva! ¡Viva! ¡Te he echado tanto de menos!

—¡Charles! Charles, ¿qué ha pasado? ¿Dónde estoy? ¿Qué haces tú aquí? ¡Había tanta oscuridad, tanto dolor...! ¡Oh, mi amado!

Mortimer se dejó caer al suelo sobre sus posaderas.

¡El profesor Haggath era un verdadero brujo, el diablo en persona!

—Vamos a casa y allí te lo contaré todo —dijo el hombre llamado Charles.

Lucius Plimton seguía impávido, como si hubiera visto algo así cientos de veces. Cuando escuchó las palabras del cliente de su amo, dio un paso al frente con la mano extendida.

—¿Señor Conway? —dijo—. ¿Ha quedado satisfecho?

—Sí, ¡oh, cielos, sí!

—Si ya no tiene la menor duda... —la mano seguía extendida.

No hizo falta más.

Charles Conway sacó una abultada bolsa del interior de su capa. Se la entregó. El ayudante del profesor Haggath no hizo más que sopesarla. Ahora sí forzó una sonrisa final.

La de la despedida.

—Recuerde —dijo—. Nadie puede verla. Deberá ocultarla en su casa. Si un día volviera a verme a mí, usted no me conoce. De la misma forma que ella ha vuelto..., puede volver a irse, ¿comprende?

—S-s-sí —suspiró el hombre.

—¡Charles, oh, Charles! —seguía ajena a su nueva realidad su esposa.

Lucius Plimton echó a andar.

Y Mortimer hizo lo mismo.

En dirección contraria, no fuera a tropezarse con él.

Con la cabeza dándole vueltas, bajo el impacto aún de lo que acababa de ver, regresó por el mismo camino por el que había llegado a su destino. Ni siquiera recordaba al perro, ni su desgraciado accidente, cuando se detuvo de pronto, asustado.

Doblemente asustado.

Por un lado, por el mastín, que tal vez estuviese cerca a la espera de una nueva oportunidad.

Por el otro...

—... debes entregar la botella intacta. No la abras. ¡Que no se derrame ni una gota! ¿Lo has entendido? ¡Ni una! ¡Si una sola de esas gotas cayera en otro lugar, podría desencadenar algún hecho... preocupante, por decirlo de forma suave!, ¿entiendes?

El contenido de la botella le había devuelto la vida a una persona.

¿Qué podían hacer... tres gotas?

Mortimer tragó saliva.

No, tres gotas no podían hacer nada, seguro.

Era imposible que...

Una parte de sí mismo le pedía escapar del cementerio cuanto antes y olvidarse de todo aquello. La parte lógica y cerebral. Pero otra parte le exigía hacer una comprobación, para estar seguro o quedarse tranquilo. La parte intuitiva y más humana.

—Tres gotas... Solo han sido tres gotitas...

Llegó al muro. La cabeza iba por un lado. Las piernas por el otro. Lo siguió un trecho.

No tuvo que caminar demasiado.

Allí estaba la tumba.

Una tumba como tantas.

Pero sin duda era aquella.

Era fácil reconocerla.

La tierra estaba tan removida como la de la señora Conway porque en su interior ya no había nadie.

4
Un muerto anda suelto

Mortimer sintió un vértigo imposible de definir.

Se le doblaron las piernas, cayó de rodillas al suelo, vomitó mareado y no dejó de gemir una y otra vez:

—No, no... ¡No!

¿Qué había hecho?

El señor Charles Conway había pagado para que su amada esposa muerta fuera devuelta a la vida. Ya había oído a Lucius Plimton: «Nadie puede verla. Deberá ocultarla en su casa». Pero él, con solo tres gotas, ¡tres gotitas!, le había devuelto la vida a alguien que ahora mismo, en plena noche, debía de andar de un lado para otro sin entender nada.

Una botella entera de la poción había servido para recuperar plenamente a la señora Meredith Conway.

¿Qué clase de «nueva vida» proporcionaban... tres gotas?

—¡Oh, cielos! ¿Qué he hecho? —gimió de nuevo, muy asustado.

El profesor Haggath le devolvería al orfanato.

Adiós a sus sueños de ser, algún día, su discípulo y heredero.

Sería un don nadie, la vergüenza del Monroe, el niño devuelto a los tres años. Lo molerían a palos. Y ya de mayor, como a tantos, lo dejarían salir, para que se buscara la vida como pudiera, con más probabilidades de convertirse en un delincuente que de ser una persona de provecho, por más oficios que aprendiera en el orfanato.

—Un momento, un momento... ¡No puede haber ido muy lejos!

Levantó la cabeza.

Olisqueó el aire.

¿Olían a muerto los muertos?

No tenía ni idea.

Se acercó a la tumba y atrapó un puñado de tierra. Estaba caliente, muy caliente. Probó con otro puñado fuera de ella y este le comunicó el frío y la humedad del ambiente. Luego, miró en torno a la fosa buscando un rastro.

Nada.

Podía haber ido en cualquier dirección.

Optó por una. Se pegó al muro y caminó junto a él, siguiendo la misma senda imaginaria que habría seguido para regresar a casa. ¿Cuánto podía caminar o correr un resucitado tan precario como el suyo? ¿O bastaban tres gotas para darle la vida? ¿Qué diferencia habría entre la botella entera o las malditas tres gotitas vertidas?

Preguntas y más preguntas.

Ninguna respuesta.

Llegó al fin del muro, la salida del cementerio, la parroquia de la Madeleine, sin ver a nadie, humano o no, moviéndose por allí.

Por mucha luna llena que hubiera, no lo encontraría.

Tal vez el resucitado, o resucitada, se escondiera de él, por miedo.

¿Cómo reacciona alguien que sale de su tumba después de muerto?

A la señora Conway la había esperado su marido, para contarle lo sucedido, pero a su muerto viviente...

Muerto viviente.

¿Era eso?

Tenía pocas opciones: seguir buscando o regresar ya a casa, y que fuese lo que el Buen Señor quisiera. Y con la segunda, se abrían dos más: contarle la verdad a su amo o callar.

Ser justo y honesto, o cauto y prudente.

Con la primera, la ira del alquimista caería sobre él.

Con la segunda...

Nadie sabría nada.

Seguía debatiéndose envuelto en sus dudas cuando oyó un gemido.

Miró hacia el lugar de donde procedía y vio unos ojillos aterrados.

Se acercó.

Más tarde, se detuvo en seco.

No era el resucitado. Era el perro que le había asustado antes, el culpable indirecto del lío en que estaba metido. Solo que ahora ya no era un mastín feroz mostrándole los dientes y dispuesto a atacarle.

Ahora era un perro tembloroso y asustado.

Como si hubiera visto un fantasma.

O como si hubiera olido la muerte y la llevara prendida de su pituitaria.

Ya no le haría nada.

Lo dejó atrás, sin hablarle ni acercarse más, y miró el cementerio.

Empezó a calmarse.

—Respira, vamos, respira —se dijo.

Nadie sabría nada. Aunque el muerto

fuera visto, reconocido, y la noticia de su misteriosa vuelta a la vida saliese en los periódicos, nadie sabría nada. El profesor Haggath no leía la prensa, y en cuanto a Plimton...

Pero ¿y si el muerto asesinaba a alguien?

¿Tenían conciencia los resucitados?

¿Qué haría, volver a su casa? ¿Y si llevaba años muerto y le daba un susto fatal a su viudo, o a su viuda, a sus hijos...?

—No, no... ¡No puedes irte de aquí como si tal cosa!

Existía algo llamado ética.

Lo primero... ¡Saber quién era!

¡Claro!, ¿cómo no lo había pensado antes? ¡Era importante conocer la identidad del muerto, o la muerta, su edad, condición, todo!

Quizás así lo localizara y...

¿Y qué?

Le decía:

—Mire usted, lo siento, perdone, pero es

que ha habido un error y tiene que volver a su tumba.

¿Cómo haría eso, enterrarse en vida..., o en lo que fuera su nueva vida?

Mortimer desanduvo lo andado. Primero, regresar a la tumba. Quizás no hubiera nada. En la mayoría solo se ponía el nombre, la fecha y alguna inscripción, con un motivo bíblico o deseos de la familia. Daba lo mismo. Algo sería algo. Recordaba que la lápida era pequeñita.

Poquita cosa.

Lo más seguro es que no fuera nadie, y mucho menos importante.

—Todo el mundo es alguien, hasta tú —volvió a expresar sus sentimientos en voz alta.

Alcanzó la tumba en un par de minutos y se aproximó a ella.

La luna se oscureció en ese instante.

Así que casi tuvo que pegar la nariz a la lápida para leer:

«HORACE FLOYD JAMESON – 14 de
abril de 1857 – Tus compañeros del orfanato
Monroe no te olvidan».

Segunda parte:
El primer día

5
El poder de tres
simples gotas

Cuando despertó por la mañana, aturdido y somnoliento por haber dormido tan poco, pensó que todo había sido una pesadilla.

Pero no.

Al momento le sacudieron todos los pensamientos esquivos y atroces con los que se había acostado.

Se sentó en el jergón donde dormía intentando ordenar sus ideas.

—¿Cómo es posible...?

El muerto vivo era un niño. En el orfanato Monroe solo había niños. Pero lo asombroso es que fuera precisamente un niño del

Monroe, como lo había sido él. Se trataba de SU orfanato. Era también el único de la ciudad.

¿Casualidad?

¿Un maldito, extraño y curioso azar?

La fecha, 14 de abril de 1857, era de diez años antes. Ese era el tiempo que llevaba el muerto allí. Posiblemente había convivido con aquel niño cuando él era un bebé, o daba sus primeros pasos tras ser abandonado ante sus puertas. No había fecha de nacimiento, como en la mayoría de las tumbas, porque lo más probable es que nadie la supiera. Algo de lo más lógico en un orfanato.

¿Y qué hacía un niño del Monroe enterrado en el cementerio de Parr-Harway?

«Tus compañeros no te olvidan».

¿Quiénes eran sus compañeros?

Tenía que averiguarlo. Solo así, tal vez, diera con Horace Floyd Jameson.

Mortimer saltó de la cama, se lavó la cara en una jofaina y, tras quitarse el blusón con el que dormía, se vistió. El profesor Haggath se levantaba tarde, sobre todo después de una noche de trabajo, como la anterior. El laboratorio secreto se escondía detrás de una puerta falsa protegida por un armario que se desplazaba sobre ruedas. Cualquier precaución era poca. Todavía se quemaba de vez en cuando a algún brujo o bruja, aunque no lo fuera. Mortimer no podía entrar en el laboratorio si no estaba su amo dentro.

Escuchó su voz en la parte delantera, la de la vivienda.

Hablaba con Lucius Plimton.

El colaborador que le buscaba los negocios, los contactos, le entregaba en ese momento la bolsa con el dinero por el pago de la poción que le había devuelto la vida a la señora Conway.

—¿Todo bien?

—Sí, mi señor. La mujer volvió a la vida en plenitud.

—¿Pagó sin rechistar?

—Hubiera pagado el doble, el triple. Nunca vi a un hombre más enamorado.

El profesor Haggath sopesó la bolsa. No la abrió para contar el dinero. Le bastó con ese gesto. A continuación, la introdujo en una caja fuerte llena de bolsas, monedas y billetes, pagarés y demás papeles.

Su fortuna.

Debía de ser uno de los hombres más ricos del mundo.

Mortimer se preguntaba a veces para que quería tanto dinero, si apenas gastaban un poco en comida y menos en ropa, lujos o comodidades.

—¿Algo nuevo? —preguntó el alquimista.

—Tengo varios posibles clientes —dijo Plimton con su característica voz átona, sin apenas inflexiones, tan seca como lo era él.

—Cuenta —colocó la silla de ruedas de cara a él.

—En la taberna oí comentar al tabernero que pagaría lo que fuera por adelgazar, ya que su barriga apenas si le permite moverse por detrás del mostrador. La taberna siempre está llena, así que podría pagar el servicio. En el parque de la cascada una mujer a la que tengo localizada se quejaba amargamente ante otra por su imposibilidad para tener hijos. Vestía bien. La seguí y vive en la zona noble del Caldwell. La tercera posibilidad es la de un hombre al que escuché en el banco. Lamentaba que su negocio no atrajera a más clientes.

El profesor Haggath meditó las tres opciones.

—¿Nada más... elevado? —dijo.

—No, no señor.

—Contacta con la mujer. Si alguien está tan loco como para traer más niños a este mundo asqueroso, no vamos a ser nosotros quienes lo evitemos, ¿verdad?

—¿Qué le propongo?

—Deberá tomarse un bebedizo diariamente durante un mes, al término del cual le sobrevendrá el embarazo.

—¿Y si no paga hasta pasados nueve meses, para estar segura de que tiene un hijo sano y no un monstruo?

—Le propones que abone la mitad en el momento de quedarse en cinta y la otra mitad al nacer la criatura. Y adviértele de que, si al término del segundo plazo no pagase, algo terrible le sobrevendría al recién nacido.

Eso fue todo.

Lucius Plimton se retiró y el profesor se quedó solo.

Solo y en apariencia tan triste como siempre.

¿Por su parálisis? ¿Porque nadie sabía de su poder y, como todo genio o artista, necesitase el aplauso de los demás?

—Sé que estás ahí, Mortimer —dijo de pronto.

El niño entró en la estancia mientras su amo cerraba la caja fuerte, tan alta como una persona puesta en pie.

—Buenos días, señor.

—¿Todo bien? —le observó conspicuo.

—Verá...

—Habla, no tengo todo el día —lo apremió.

Mortimer rehuyó su mirada.

—Profesor, anoche, tras entregar esa botella, y a pesar de que el señor Plimton me
ordenó que me fuera, me oculté entre las
sombras del cementerio y...

—Viste los efectos de esa poción.

—Sí —bajó aún más la cabeza.

Se produjo un extraño silencio.

¿Y si el profesor se enfadaba y lo convertía
en una rana?

¿Podía hacer algo así?

—Mírame a los ojos, muchacho.

Le obedeció.

El alquimista estaba serio, pero no enfa-
dado.

—Eres listo y, por lo tanto, curioso. Lo
raro sería que no hicieras preguntas o no
fueras osado. ¿O crees que te escogí por

otros motivos? Vi determinación en tus ojos, carácter, fortaleza y, al mismo tiempo, nobleza. Por eso estás aquí. Tienes mucho camino por delante, has de formarte, pero ya es hora de que preguntes lo que quieras saber. Por mi parte, puedo responderte o no, enfadarme o no, gritarte o no. Eso depende —hizo una pausa—. Lo de anoche fue una muestra más de mi poder. Presenciaste algo insólito. A mí mismo me habría gustado estar allí para ver el resultado —le brillaron los ojos.

—¿Puedo preguntarle algo?

—Adelante.

—¿Cuánto vivirá de más esa mujer?

—No lo sé. Meses, años... ¿Quién sabe cuánto vivirá cada uno de nosotros? Lo único que hace la poción es devolverle el aliento de la existencia. El líquido penetra en la tierra, absorbe todo lo que ella le arrebató al ser enterrada y se lo devuelve al cadáver. Carne, energía, luz... Cuando el cuerpo se remodela por completo, vuelve a la vida.

—Oí decir al señor Plimton que debería permanecer en su casa.

—Por supuesto. Esa mujer ya ha muerto. No puede reaparecer sin más. Vivirá por y para el amor de su esposo, oculta en su casa. Pero vivirá. No tendrá las mejillas sonrosadas, ni latirá su corazón cada vez que él la bese, ni tampoco sangrará si se corta. Pero será un ser vivo, con un leve atisbo de alma que la completará.

Llegaba la verdadera pregunta.

La que no sabía cómo hacer.

Pero la más esencial.

—¿Por qué me dijo que no debía caer ni una sola gota? ¿Porque si se perdía una, ella reviviría menos, o peor, o...?

—No —fue categórico el profesor—. La poción que preparé era muy generosa. Incluso excesiva. El problema de si una gota hubiera caído en otra parte es simple: tal vez habría hecho revivir a otro ser, animal o humano.

—¿Una... sola gota?

—Sí.

—Pero eso es muy poco.

—Suficiente para que ese ser saliera de su tumba un día.

—¿Un día?

—Más o menos.

—Entonces tres gotas...

—Harían revivir a ese ser unos tres días, con muy poca energía, aunque suficiente. Un verdadero cadáver ambulante —llegó a sonreír levemente al expresarlo.

Mortimer se quedó sin aliento.

Tres gotas.

Horace Floyd Jameson estaría tres días dando tumbos por ahí.

—¿Qué te pasa? —frunció el ceño el profesor Haggath.

—¡Oh, nada, mi amo! —reaccionó lo más rápido que pudo para que no pudiera leer en sus ojos o en su ánimo—. Estoy abrumado por el poder de... de...

—Pórtate bien y algún día, lejano, aunque jamás llegarás a tener ese poder, podrás ser un buen brujo, alquimista, mago... Como lo prefieras llamar.

Era hora de retirarse.

Bastante se había arriesgado ya.

El profesor Haggath le lanzó una moneda.

—Toma, vete a hacer la compra.

Mortimer salió de la casa a la carrera.

6
En el orfanato Monroe

El orfanato Monroe estaba al pie de la colina de High North Eils. Era un caserón viejo, enorme, y a pesar de estar lleno de niños siempre, silencioso, salvo en las pocas horas de patio, libertad y asueto. Los celadores aborrecían los ruidos y las algarabías. No usaban el látigo, pero casi. Los castigos por infringir las normas podían ir desde no comer o cenar un día, dos, tres, hasta un confinamiento de una semana en una especie de celda aislada. A los huérfanos menores los cuidaban institutrices rígidas que trataban de dar el suficiente cariño pero sin excesos, porque allí había muchos pequeños y el flujo era constante. A partir de los seis o siete años, recibían clases elementales. A partir de los diez, se les enseñaban oficios varios. A los dieciséis, se les abrían las puertas y los devolvían al mundo.

Algunos pasaban en muy pocos días del orfanato a la cárcel, porque el mundo no los recibía de buen grado, o ellos no se adaptaban a él.

No era un mal lugar.

Pero tampoco el mejor de los sitios.

Raramente se adoptaba a uno de los niños.

Raramente aparecía un matrimonio lleno de amor, dispuesto a crear una familia, y si lo hacía, sus preferencias iban siempre dirigidas a los más pequeños, los recién nacidos o los que tenían escasos meses de edad. Nadie quería ya a un niño de siete u ocho o más años, lleno de cargas, heridas en el alma, traumas infantiles, recelos o miedos.

Se decía que las niñas lo tenían mejor, eran más queridas.

Porque Monroe estaba dividido en dos.

A un lado los chicos, y al otro las chicas, sin contactos. Un alto muro separaba los dos mundos, amén de la no menos alta reja que los envolvía a todos formando una especie de cárcel.

Mortimer jamás había pisado el lado femenino.

Era un largo camino, así que además de correr mucho tuvo que tomar uno de los carros colectivos que partían del centro hacia las afueras. Le gustaba ir en los transportes públicos. El trotar de los caballos, la gente que subía y bajaba de cada parada. Las conversaciones pilladas al azar. A Mortimer todo se le antojaba fascinante.

Al llegar a su destino, volvió a correr, por lo que llegó jadeante a las puertas de Monroe.

Se detuvo frente a la puerta principal de la verja.

Nunca creyó que volvería allí.

Y allí estaba.

Sintió un nudo en la garganta y otro en la boca del estómago. También un peso enorme en el alma mientras su mente se llenaba de evocaciones y recuerdos. De sus doce años de vida, nueve los había pasado allí dentro.

Nueve.

Con buenos y malos recuerdos.

Wilkins apareció al otro lado de la reja.

Lo miró con su habitual gesto feroz.

Porque Harold Wilkins, el celador, estaba igual.

Alto, fuerte, gigantesco... y en el fondo, a pesar de todo, bonachón.

Cumplía con su deber.

—¿Tú quién eres? —le increpó mirándole sospechosamente.

—¿No te acuerdas de mí, Wilkins? —intentó parecer tranquilo.

El hombre le escrutó más de cerca, poniendo casi la nariz entre dos de los barrotes.

—¿Tanto he cambiado? —insistió él.

Las pobladas cejas de Wilkins se levantaron.

En su rostro apareció una expresión de sorpresa.

—¡Por todos los...! —barbotó—. ¿Mortimer? ¿Mortimer Saw?

—Claro.

—¡Pero, bueno, chico! —le tendió la mano a través de la reja—. ¡Cómo has crecido! ¿Cuánto hace que te fuiste?

—Tres años.

—¿Tres ya? —su rostro, de pronto, se alteró por completo—. ¿No me digas que te han echado de tu hogar de adopción y vuelves aquí?

—¡No, tranquilo! —Mortimer movió las dos manos por delante, con las palmas hacia él—. Solo he venido a verte.

—¿A mí?

—Tengo curiosidad por uno de los chicos que estuvo aquí.

—Entonces yo soy el indicado —se jactó con orgullo—. Ya sabes que os he conocido a todos en los últimos cuarenta años, desde que llegué. ¡Mira cómo te he reconocido a ti!

Harold Wilkins también había sido huérfano en Monroe. Después decidió quedarse para siempre, trabajando en el orfanato.

Había gustos para todo.

—¿Quieres pasar? —hizo ademán de abrir la verja.

—No, no —casi dio un paso atrás—. ¿Recuerdas a un chico llamado Horace Floyd Jameson?

—Por supuesto —no vaciló ni un instante.

—¿De verdad? ¡Pero si murió hace diez años!

—Por eso mismo lo recuerdo más y mejor que a otros —continuó Wilkins—. En Monroe han muerto muchos niños y niñas por enfermedades o accidentes, pero Horace fue el único que murió fuera de estos muros y en extrañas circunstancias. Una conmoción.

—¿Qué pasó?

—Horace y otros cuatro habían formado una especie de sociedad secreta. Cosas de chicos. Se llamaban Los Invisibles. No sé cómo se lo hacían, pero el caso es que salían de aquí como fantasmas, y regresaban sin ser vistos cuando se les antojaba, de día o de noche. No eran fantasmas, claro. Descubrimos túneles excavados en la tierra, cortes en la reja hábilmente disimulados, y hasta rocas del muro que se sacaban y volvían a colocarse en su sitio con suma facilidad. En resumidas cuentas —se rio—, ¡una pandilla de listos que durante un tiempo puso esto patas arriba! Tú debías de ser un mocoso de poco tiempo por entonces.

—¿Y cómo es que nunca oí hablar de ello?

—Diablos, porque esas cosas se silencian, no vaya a cundir el ejemplo. Cuando Los Invisibles dejaron sus correrías, todo volvió a la calma.

—Pero ¿qué hacían?

—Bueno, iban a la ciudad, se divertían, armaban alborotos, se colaban en los teatros..., cosas así. También entraban alimentos, libros prohibidos...

—¿Cómo los compraban?

—Oh, pues... robando bolsas a los transeúntes.

—¿En serio?

—Cuando las sospechas se dirigieron hacia Monroe, y se puso coto a sus desmanes mediante una exhaustiva investigación, sobrevino el desgraciado accidente de Horace.

—¿Su muerte fue accidental?

—Le arrolló un jinete, quizás un carruaje, no se sabe. Fue de noche y no hubo testigos. Encontraron su cuerpo todavía con un hálito de vida en una calle, ya de madrugada o cerca del amanecer. Si el que lo atropelló lo hubiera llevado a un hospital de inmediato, se habría salvado. Pero el muy cobarde huyó. No hay otra explicación. La policía halló en la tierra huellas de cascos violentamente hundidas en el polvo y sangre que iba del lugar del atropello hasta la cuneta. Horace debió de pasar allí mucho rato, desangrándose, pobrecillo.

—¿Por qué tiene una tumba con una lápida en Parr-Harway?

—¿También sabes eso? Vaya, ¿qué eres? ¿Un detective?

—La lápida pone «Tus compañeros del orfanato Monroe no te olvidan».

—Esa lápida la pagaron sus cuatro amigos de Los Invisibles, Malcolm Dougherty, John Paul Pendergras, Patrick Beck y Robert Daltrey. Sacaron todo el dinero que habían ahorrado..., robado, y ya descubiertos juraron no volver a escaparse si se cumplían sus deseos. La dirección estuvo de acuerdo. Todo con tal de acabar con el problema. De otra forma, Horace estaría aquí, enterrado en el jardín de atrás, o en una fosa común de cualquier cementerio, vete a saber. Los cuatro Invisibles no quisieron que su cuerpo descansara en Monroe para siempre, por eso escogieron un lugar hermoso y agradable para él. En cierta ocasión, algunos fueron a un oficio religioso en la parroquia de la Madeleine, y por lo visto Horace se enamoró de ese lugar y dijo que cuando muriera quería ser enterrado en él. No hicieron más que cumplir con su último deseo.

—¿Dónde están ahora Malcolm, John Paul, Patrick y Robert?

—No lo sé. A los cuatro años del incidente cumplieron los dieciséis, uno a uno, salieron de aquí y ya sabes que salvo excepciones muy raras, se les pierde la pista. No hay contacto. Nunca han vuelto de visita como has hecho ahora tú —sonrió de nuevo, feliz—. ¡Diablos, Mortimer, tienes buen aspecto!

Todavía le quedaban algunas preguntas.

—¿Qué edad tenía Horace cuando murió?

—Doce años, el Señor tenga piedad de su alma.

Doce años. Como él.

Alguien le había arrebatado la vida, deján-
dolo morir en una calle de la ciudad.

Una calle.

—¿Dónde sucedió todo?

—Oh, en el centro, en el Strand —dijo
Wilkins—. Lo encontraron en la calle Mc-
Dougal.

Horace no había vuelto al orfanato. Eso
estaba claro. El celador lo habría visto. Pero
si vagaba como una sombra, como un alma
en pena por la ciudad...

—¡Gracias, Wilkins! —inició la retirada.

—¿Te vas ya? ¿De verdad que no quieres
entrar? ¡A Conrad y a Louis seguro que
les encantaría verte para darte un tirón de
orejas!

Ya le habían dado bastantes. No necesitaba más.

—¡Cuídate!

—¡Lo mismo digo, Mortimer! ¡Ven cuando
quieras, ahora o cuando seas mayor!

No pensaba hacerlo.

Pero por si acaso, al menos, Wilkins era un amigo.

7
El muerto viviente
de la calle McDougal

Se la iba a ganar. El profesor Haggath le daría la más monumental de las reprimendas, pero una vez comenzada su búsqueda, ya no iba a parar. Prefería el castigo de su amo a que alguien se tropezara con Horace Floyd y se muriera del susto..., o la policía lo atrapara.

La noticia de que un niño muerto y enterrado diez años antes correteaba por la ciudad pondría los pelos de punta a todo el mundo, y si llegaba a oídos de Peter Hawthorn-Thorne Haggath, no tendría más que sumar dos y dos.

Sí, tal vez lo devolviese a Monroe.

Cuatro años más allí, después de haber conocido el dulce sabor de la vida, la libertad...

Corrió lo que pudo, volvió a subirse a un carro colectivo tirado por dos caballos tan viejos que, caminando, hubiera llegado antes, y siguió corriendo al bajarse de él. Una vez en el centro se dirigió al Strand y, cuando desembocó en el barrio más selecto, preguntó por la calle McDougal. Una mujer amable se lo indicó.

No era una calle muy larga. Apenas si tendría unos treinta o cuarenta metros. Estaba encajonada por la avenida del Mall y una calle mucho mayor llamada Compton Green. En ella no había comercios, solo dos bancos y algunas casas de una y dos plantas. Casas de ricos. Si un hombre a caballo o un carruaje doblaba por Mall o Compton Green a mucha velocidad, era lógico que pudiera llevarse por delante a una persona despistada que caminara por el centro, y más de noche.

Miró arriba y abajo.

Nada.

Por las dos aceras caminaban escasas personas.

Iba a marcharse, furioso, vencido, asustado, cuando de pronto, en una esquina de lo que parecía ser un simple callejón sin salida, vio una sombra.

Una sombra que se movía.

Y luego, asomada casi al filo de la esquina de ladrillos rojos, una nariz.

Una nariz muy blanca.

Mortimer tragó saliva.

¿Era posible que hubiese acertado?

¿Había vuelto Horace Floyd Jameson al lugar en el que había muerto y que, por lo tanto, constituía su último recuerdo vivo?

Cruzó la calle fingiendo mirar el suelo, pero sin perder de vista con el rabillo del ojo aquella esquina. La nariz había desaparecido.

La sombra lo hizo al aproximarse.

Cuando llegó al callejón, se alegró de que no tuviera salida.

Aquello era un *cul-de-sac*.

No se precipitó. Se colocó en el centro para evitar una fuga intempestiva. No sabía la fuerza que podía tener un muerto vivo, pero por si acaso se preparó. El callejón no tenía más de siete metros de profundidad. A un lado, se amontonaban algunas cajas de madera y cartón. Vio dos puertas metálicas cerradas. Por arriba, ventanas igualmente cerradas, cuatro a la izquierda y dos a la derecha.

Centró su atención en las cajas.

Y se arriesgó.

—¿Horace?

Dejó de respirar.

Casi un minuto.

—Vamos, Horace, sal. Sé que estás aquí.

Otro puñado de segundos.

Hasta que salió.

Mortimer tragó saliva.

Era un niño, de su misma edad, pero después de diez años enterrado su aspecto no podía tildarse precisamente de bueno. Ni siquiera de regular.

Tres gotas de la poción no daban para mucho, desde luego.

La cara, las manos, los tobillos; en suma, las partes del cuerpo que se le veían, eran más blancas que la nieve. Debajo de ellas no había el menor atisbo de carne. Un hueso recubierto de piel. Eso hacía que, viéndole el rostro, la sensación de encontrarse casi frente a una calavera fuera mayor. El cabello lo tenía revuelto, en punta, los ojos formaban dos enormes círculos en los que las pupilas no eran más que dos clavos quietos, la nariz era afilada y los labios, dos sesgos horizontales de color violeta. Pómulos, barbilla, orejas complementaban aquella visión tan tétrica y terrible y al mismo tiempo... tan desvalida.

Porque además de parecer un muerto en vida, Horace era la pura imagen de la inocencia maltratada.

Inocencia acompañada de indefensión, desconcierto y miedo.

Por si faltara poco, estaba la ropa. O mejor decir los despojos de la ropa con la que llevaba diez años bajo tierra.

—Me llamo Mortimer —consiguió articular las tres palabras.

Horace no dijo nada.

—Escucha, yo... —no supo cómo explicarle aquello.

Ni siquiera sabía si Horace lo comprendía.

—¿Cómo sabes mi nombre? —preguntó de pronto el niño.

Hablaba.

Con voz hueca, casi sin inflexiones, pero hablaba.

—Porque te conozco —dijo Mortimer.

—¿Ah, sí?

—Sí. ¿Sabes qué estás haciendo aquí?

Lo meditó.

—No estoy muy seguro —acabó manifestando.

—¿Qué es lo que recuerdas?

Otra meditación, un poco más larga.

—Anoche paseaba por las afueras. Todo estaba silencioso, igual que el lugar de donde vengo, pero era mucho más agradable. No sé cómo llegué hasta aquí.

—¿Te refieres a la calle McDougal?

—Sí.

—¿No te vio nadie?

—Una mujer, pero se fue corriendo, agitando los brazos, igual que si hubiera visto un fantasma. Después, un hombre, que se llevó la mano al pecho, sacó una cruz y me la mostró mientras se santiguaba y también echaba a correr.

—¿Qué hacías aquí escondido?

—Solía jugar aquí.

—¿En este callejón?

—Sí.

—¿Cuándo?

—Pues... siempre que puedo, aunque ahora es como..., como si hubiera pasado mucho tiempo. Mi cabeza... —se llevó una mano a la sien—. Todo está confuso, ¿sabes? Es como cuando sueñas, pero sabes que estás despierto y, sin embargo, sigues soñando.

Mortimer se acercó un poco más.

Horace tenía una cicatriz en la frente.

—Tuviste un accidente aquí, ¿no lo recuerdas?

El chico miró la calle, lo que se veía de ella más allá de la angosta boca del callejón.

—Sí —convino.

—Alguien te atropelló.

—Un jinete, sí.

—¿Qué sucedió?

—Pues... —Mortimer no supo si le costaba hablar o le costaba recordar—. Era de noche. Yo estaba jugando, solo. Había salido a buscar...

—Te escapabas del Monroe.

—Sí.

—Luego regresabas con cosas para los demás.

—Sí —volvió a decir.

—Así que aquella noche...

—Estaba ahí, en medio de la calle, y de pronto surgió ese jinete, al galope.

—¿Por qué no te apartaste?

—No pude. Pensé que me había visto, que se apartaría él, pero ese hombre...

—¿Te pateó el caballo?

—Sí.

—¿Y no se detuvo?

—Sí, se detuvo —asintió con la cabeza por primera vez—. Bajó del caballo, me levantó del suelo, me sacó de la calzada y me dejó en la acera, ahí mismo —señaló con su huesuda mano—. Se inclinó sobre mí y yo le vi el rostro, olí su aliento cargado de alcohol. Me dijo... que lo sentía, pero que no podía... No podía...

—No podía llevarte.

—Exacto.

—Y se fue.

—Miró mis heridas —se llevó una mano a

la frente para tocarse la cicatriz de la cabeza y la otra al vientre, bajo la ropa hecha jirones—. Se me salían las tripas y él...

Mortimer tragó saliva.

—Ese hombre fue tu asesino.

—Me hizo mucho daño, sí —pareció ajeno a la palabra—. Vomitó y... se fue. Subió a su caballo y se fue. Yo me quedé ahí, viendo el cielo, las estrellas... La noche era muy plácida —esbozó una tímida sonrisa—. Primero me dolía mucho, pero más adelante... dejé de sentir dolor. Fue agradable. Una paz que bajaba del cielo...

Un campanario lejano dio la hora.

Mortimer se estremeció.

Llevaba más de media mañana fuera de casa.

El profesor Haggath le arrancaría la piel a tiras.

—Escucha, he de irme, pero volveré en cuanto pueda, ¿de acuerdo?

—¿Eres mi amigo? —preguntó Horace.

—Sí, soy tu amigo.

—Bien.

—Pero no puedes dejar que nadie te vea, ¿entiendes? Te traeré ropa y comida, ¿tienes hambre?

—No.

—¿Nada?

—No.

¿Cuánto había dicho su amo que sobreviviría? ¿Dos, tres días?

¿Para qué iba a comer?

—Vas a esconderte aquí, en este callejón.

—Bueno.

—Cuando vuelva, veremos qué hacer.

Horace Floyd Jameson sonrió de nuevo, de manera más acusada.

Pese a su terrible aspecto, aquella sonrisa era la más tierna que Mortimer hubiese visto jamás.

—Eres mi amigo —asintió despacio aquel niño que había pasado diez años y dos meses bajo tierra.

Y bajo tierra pasaría la eternidad cuando volviese a ella, mientras su asesino seguía libre.

—Vamos, escóndete. Volveré en cuanto pueda. No salgas.

—Bien.

—¿Me lo prometes?

—Sí —se llevó los dos dedos índices a los labios para sellar su juramento.

Exactamente igual que hacían todos los huérfanos de Monroe, generación tras generación.

Mortimer ya no esperó más.

Salió del callejón e hizo lo que mejor se le daba, y más dadas las circunstancias: correr.

Correr como alma que lleva el diablo, aunque el diablo no tuviese nada que ver con todo aquel lío.

8
Preparando la nueva escapada

Por si acaso, aunque con ello se demorase más, antes de regresar a casa pasó por los comercios cercanos para hacer la compra.

Temiendo lo peor, la más grande de las broncas, entró en la vivienda del profesor Haggath dispuesto a soltarle la mejor y más escogida de las mentiras. Nada de que le habían robado o había sido testigo de un incidente, motivo por el cual la policía lo condujo a la comisaría para tomarle declaración. Esas cosas eran demasiado comprobables. Optó por lo único que podía hacer feliz a su maestro y amo: decirle que tenía un posible cliente.

Después, mandaría a Plimton a una dirección equivocada y listos.

—Estaba haciendo la compra en la tienda del señor Halloway cuando un hombre habló de su interés por... por... ¡por encontrar al asesino de su hermano! —trenzó en voz alta su historia—. ¡Tenía tres sospechosos! ¡Uno era el culpable, seguro!

Eso tendría que satisfacer al profesor.

Preparar un bebedizo que, ingerido por los tres candidatos, impulsara al culpable a delatarse a sí mismo y confesar su execrable crimen.

Sí, no estaba mal.

Aunque luego... Luego... ¡Había seguido al hombre hasta una calle, donde lamentablemente lo perdió de vista!

Una buena historia, sin duda.

¿Qué hermano no pagaría una fortuna por semejante bebedizo?

Mortimer no dejaba de preguntarse para qué quería el alquimista tantas bolsas llenas de dinero.

¿Avaricia?

¿Quizás pensase retirarse un día y marcharse con su fortuna a los cálidos mares del sur?

Buscó al profesor por toda la casa sin encontrarlo y respiró aliviado. No tendría que mentir. Lo único que podía significar eso es que se encontraba en el laboratorio, trabajando, y siendo así el tiempo casi siempre dejaba de tener validez para él.

Dejó la compra, preparó la comida, por si acaso, y fue al escondite secreto. El armario que se desplazaba sobre las ruedas estaba en su lugar. Lo movió, abrió la puerta del laboratorio y colocó el armario en su lugar antes de cruzarla. Iluminado por la luz de una docena de velas, el brujo leía atentamente tres libros a la vez.

—¿Profesor?

—Ah, Mortimer, sí, creo que se me ha ido el santo al cielo.

—Cuando quiera comer...

—Claro, claro. Bueno... Plimton me ha traído un caso muy interesante, y nada sencillo, ¿sabes?

Cuando estaba comunicativo era la mejor de las personas.

Algo que no siempre ocurría.

Lo aprovechó.

—Seguro que usted lo resuelve, señor.

—Oh, sí, sí, lo resolveré, es un reto —le brillaron los ojos—. Me encantan los retos. Son tan... motivadores.

—¿Puedo conocer de qué se trata?

A veces le gritaba que no. Otras...

—Un hombre está enamorado de su vecina, que es viuda y a la que pretende un caballero. No solo se trata de que ese caballero haga algo deleznable que ofenda a la joven viuda, sino que ella pida ayuda y consuelo a nuestro cliente. Así pues, he de combinar dos fuerzas, dos voluntades, la de ese caballero y la de la mujer. Como jugar al billar, ¿comprendes? Una carambola.

—Seguro que ese hombre pagará una buena bolsa por conseguir que ella desprecie al otro y se fije en él.

—Una buena bolsa, sí —repitió el profesor sin apartar los ojos de los tres libros.

Mortimer no quiso insistir.

Mejor dejarle solo.

Peter Hawthorn-Thorne Haggath era sin duda el hombre más poderoso, tal vez de todo el mundo. Y, sin embargo, allí estaba, condenado a vivir en una silla de ruedas, sin poder devolverles la vida a sus piernas.

Tan extraño.

¿Por qué?

Salió del laboratorio, cerró la puerta y colocó el armario en su lugar. Fue a la cocina. Preparó la comida y antes de llamar al misterioso brujo se metió en su humilde habitación. No tenía mucho, el jergón y la ropa con la que se cubría, pero escogió lo más adecuado para Horace: unos pantalones largos, una camisa de manga larga, unos zapatos, una gorra y hasta unos guantes y una bufanda. Iba a parecer muy raro, porque la primavera preludiaba ya un radiante verano, pero para uno o dos días...

Uno o dos días.

Pobre Horace.

Si volvía a morirse en aquel callejón, ¿cómo lo llevaría de nuevo hasta su tumba?

Pesar, no pesaría demasiado.

¿En una carreta?

«Ya pensaré en eso cuando suceda», se dijo.

Guardó la ropa en una bolsa y la dejó a punto para cuando pudiera escabullirse. De regreso al comedor, para preparar la mesa, se encontró con el silencioso Plimton.

—Hola —quiso ser amigable.

El contacto del profesor Haggath le respondió con un gruñido.

—El amo me ha contado en qué está trabajando —quiso darse importancia.

Otro gruñido.

Lucius Plimton ganaba bastante dinero con su trabajo, ya que era quien le buscaba los clientes al alquimista y se ocupaba de la parte final, una vez él le llevaba los productos. Cobraba y desaparecía, silencioso como una sombra. Pero tampoco daba muestras de emplear demasiado bien ese dinero. En el fondo era tan misterioso como su amo. Un fiel perro de presa.

—¿Tú sabes para qué necesita el profesor la fortuna que tiene en la caja fuerte? —se atrevió a preguntarle—. Apenas si gastamos nada.

—Tienes la lengua demasiado larga, chico —le previno hoscamente—. Pueden cortártela.

Mortimer cerró la boca.

Pero volvió a abrirla a los pocos segundos, furioso.

—Algún día yo seré el brujo —anunció.

La risa seca y agria de Lucius Plimton le desconcertó.

Más lo hicieron sus ojos, duros como piedras.

No quiso insistir.

Mejor callar.

Faltaba mucho para que fuera un joven, y más para ser un hombre. Mucho para que Peter Hawthorn-Thorne Haggath decidiera que su pupilo ya estaba preparado.

¿Y si para entonces podía fabricar la poción y regresaba al cementerio para liberar para siempre a Horace?

La idea le gustó.

Aunque si transcurrían veinte o treinta años... ¿Qué haría Horace escondido en una casa, en un mundo nuevo para él?

El profesor tardó poco en aparecer. Habló un momento con Plimton, a solas, y finalmente se sentó a la mesa después de que su colaborador se marchara. Parecía abstraído. Mortimer guardó silencio un rato.

Hasta que el hombre le preguntó:

—¿Qué quieres decirme?

—¿Yo?

—Vamos, suéltalo.

Se rindió.

—Me preguntaba si podría darme un poco de esa poción de anoche, señor —le aclaró rápidamente—: Ya sé que es muy complicada de hacer, y cara, usted bien lo hizo notar, pero quizás si le pagase algún día...

—¿Para qué quieres tú algo así? —empequeñeció los ojos su amo.

—Un amigo del orfanato murió siendo niño —consiguió decir.

—¿Qué pasaría si fuéramos resucitando a la gente, Mortimer?

—Sería un caos —reconoció.

—Hay un ingrediente que no estaba en mi poción —Haggath siguió mirándole con fijeza—. Ni toda la química ni toda la física del universo sirven de nada sin la voluntad de una persona para querer sobrevivir. Yo prendí la llama, pero sin carbón o madera, la llama muere. El amor del hombre que hizo el encargo y el deseo de su esposa por volver a estar con él fueron la clave de todo. Y ambos la expresaron en el instante en que ella exhaló el último aliento. Si ese amigo tuyo murió sin expresar su firme voluntad de vivir, la poción no sirve. Y si quien lo reclama no lo desea con todas sus fuerzas, tampoco. Esa es una clase de energía que ni yo puedo manipular, Mortimer. ¿Lo has entendido?

—Sí, señor.

¿Querría vivir Horace?

Se lo preguntaría.

Aunque estaba claro que el brujo jamás le entregaría la poción.

Quizás ni siquiera le dijese cómo hacerla llegado el momento.

—¿Puedo ir a ver el espectáculo de marionetas que dan esta tarde en la plaza, mi amo?

El hombre se lo pensó.

—Soy demasiado generoso contigo —adujo—. Pero sí, puedes ir. Aunque como llegues

un solo minuto tarde para prepararme la cena...

Mortimer seguía pensando que el día menos pensado lo convertiría en rana.

9
Un rostro en la pared

Horace seguía en el mismo lugar, con la misma imagen desvalida y la misma cara de pasmo y sorpresa. Igual que si formara parte de un sueño irreal y extraño. Pese a todo, cuando vio a Mortimer, sonrió.

—He venido lo más rápido que he podido. Siento haber tardado.

—¿Tardado? Si acabas de irte.

Era evidente que el tiempo no transcurría de la misma forma para él.

—Toma, ponte esta ropa.

El muerto le obedeció. Para ello, tuvo que quitarse los harapos que lo cubrían. Al verlo casi desnudo, Mortimer palideció todavía más de lo que estaba Horace. Era un esqueleto animado. Lo peor fue verle la herida del costado. Era evidente que en el hospital, diez años antes, no se la habían cosido del todo bien. ¿Para qué, si ya estaba muerto? El boquete era grande, tremendo.

—El que te hizo esto merecería morir —masculló—. Y pensar que debe de estar por ahí, vivito y coleando.

—Yo lo he visto pasar.

—¿Qué?

—Hace un momento, a caballo, igual que aquella noche. La única diferencia era que sonreía a la gente y la saludaba.

—¿Has visto a tu asesino? —no podía creerlo Mortimer.

—Sí —respondió con toda inocencia.

—¿Y la gente... lo saludaba?

—Sí.

Eso significaba que era alguien popular, conocido, tal vez un actor de teatro...

—¿Por qué no le has seguido?

Era la pregunta más absurda del mundo.

—¿A pie? —vaciló Horace—. Además, tú me has dicho que no me moviera.

—Sí, has hecho bien —reconoció.

—¿Por qué la gente se asusta al verme?

¿Qué le respondía?

Mortimer miró a su alrededor. En la calle, justo a la entrada del callejón en el que se encontraban, vio un charco de agua.

—Acaba de vestirte. Te enseñaré algo.

Horace le obedeció. Ya se había puesto los pantalones y la camisa. Introdujo los pies en los zapatos y luego se caló la gorra. Lo último fueron la bufanda y los guantes. Cuando terminó, solo se le veían los ojos.

—Ven —dijo Mortimer.

Lo llevó hasta el charco. Horace se inclinó para verse.

Sus ojos se agrandaron un poco más.

Se volvió a quitar la bufanda.

En el charco, la blancura de su tez fue igual que si reflejara la luna llena de la noche pasada.

—¿Por qué tengo tan mal aspecto? —se extrañó.

—Porque estás muerto, Horace. Por eso —fue sincero—. El jinete te mató hace diez años y yo, anoche, accidentalmente, te devolví a la vida.

El chico asimiló la noticia.

Sin dramatismos, con una naturalidad pasmosa.

—Ah —dijo.

—Creo que has vuelto a esta calle porque fue aquí donde viste la vida por última vez. Algo así como una... conexión, ¿entiendes?

—¿Y ahora qué hacemos?

Era la pregunta del millón de libras.

—Deberías volver a...

Se calló.

—¿Adónde?

¿Al cementerio, para enterrarle todavía vivo?

No, qué absurdo.

Pero, mientras tanto, ¿qué hacía con él?

—Vamos a pasear —suspiró.

—Bueno.

Necesitaba pensar, aclarar las ideas. Aquello era sin duda lo más increíble que jamás le había sucedido. Más aún que el día en que el profesor Haggath le reveló la verdadera naturaleza de su trabajo y le dijo que sería su ayudante.

Caminaron unos pasos.

Algunas personas los miraron, sobre todo porque era raro ver en primavera a un niño tan abrigado. Horace caminaba con la cabeza baja.

—¿Cómo sabías que yo estaba en Monroe?

—Porque yo también estuve allí.

—¿Eres huérfano?

—Sí.

—¿También sabías que me escapaba, venía a la ciudad y después regresaba?

—Sé muchas cosas —asintió—. Por ejemplo, que formabais una sociedad secreta: Los

Invisibles, con Malcolm Dougherty, John Paul Pendergras, Patrick Beck y Robert Daltrey.

—¡Sí! —esta vez la sonrisa le llegó de oreja a oreja—. Mis camaradas...

—¿Sabes que ellos pagaron tu lápida y tu entierro en Parr-Harway?

—Éramos como una familia.

Estaban cerca de la plaza, y le había dicho al profesor Haggath que quería ver el espectáculo de marionetas de la tarde. Miró de soslayo a Horace. No solo era un muerto viviente, sino que se movía como un muñeco articulado. Si no comía, probablemente tampoco se cansase. Pero no tenía ni idea de qué hacer con él mientras esperaba...

Mortimer sintió aquel nudo en la garganta.

Mientras esperaba su nueva muerte.

—Horace, ¿tienes sentimientos?

—Sí, porque siento cosas. Dolor no, pero emociones...

—¿Te gustaría ver un espectáculo de marionetas?

—Claro —el blanco de los ojos chisporro-
teó como si un millar de estrellas saltaran de
alegría en su laguna.

—Entonces vamos.

¿Y si lo llevaba a la presencia del profesor
y le confesaba su error? ¿Y si lo escondía en
su habitación? ¿Y si...?

Llegaron a la plaza. Ya había muchos niños y niñas esperando que diera comienzo el
espectáculo. El tenderete de las marionetas
se alzaba impresionante en una esquina y los
pequeños, sentados en el suelo, formaban un
semicírculo a su alrededor, con los padres, las
madres o las institutrices vigilantes un poco
más allá. Mortimer y Horace no se colocaron
delante, primero por ser mayores, y segundo
porque cuantas menos miradas convergieran
en el abrigado muerto, mejor.

—¿Puedo preguntarte algo? —cuchicheó
Mortimer al oído de su compañero.

—Claro.

—¿Cómo es... el otro lado?

—Oh, se está bien. Hay mucha paz, aunque...

—¿Aunque qué? —lo apremió al ver que se detenía.

—Aunque si te mueres como yo, es más duro.

—¿Por qué?

—Porque es injusto, porque no lo entiendes, porque sabes que tu asesino está libre y hasta que él no muera, pasen los años que pasen, tu descanso eterno no será realmente efectivo. Les ocurre a todos los que tienen muertes violentas y se llevan las preguntas con ellos.

—Podríamos volver a la calle McDougal. Si ese hombre te mató allí, y dices que hoy has vuelto a verlo, es que pasa a menudo por ella.

No hubo respuesta por parte de Horace porque el espectáculo comenzó en ese instante.

Y por espacio de media hora, lograron olvidarse de todo.

De sus problemas, de la vida, de la muerte...

De todo.

Fue una función maravillosa. A Mortimer acabó doliéndole la mandíbula de tanto reír. A Horace no, porque no sentía dolor, pero tuvo la mala suerte de que a él se le desencajó. Por suerte llevaba la bufanda. Mortimer escuchó aterrado y con la sangre helada los crujidos de los huesos de su amigo mientras se los colocaba de nuevo en su lugar.

—Ya está —dijo—. Trataré de no reírme tanto.

Cuando terminó el espectáculo, se marcharon discretamente, mientras los padres, madres e institutrices se reunían con sus pequeños y les hacían preguntas. Ya nadie reparó en ellos.

Era la hora de tomar nuevas decisiones.

—¿Adónde vamos ahora? —quiso saber Horace.

¿Adónde podían ir?

—Lo mejor será regresar a la calle Mc-Dougal. En ese callejón estás seguro.

—De noche hay ratas, pero no se me acercan.

Los animales olisqueaban la muerte, como el perro del cementerio.

—Lo importante es que no te pillen.

—¿Cómo me devolviste a la vida?

—Derramé accidentalmente unas gotas de una poción mágica sobre tu tumba.

—Vaya.

—Fue cuestión de mala suerte.

—O buena, según se mire. Gracias a ti estoy aquí.

¿Estaba realmente allí?

No era más que un alma en pena.

Y encima, veía a su asesino.

Pensaba que Horace haría más preguntas, pero no fue así. Continuó caminando unos metros antes de darse cuenta de que lo hacía solo.

Volvió la cabeza.

Horace se había detenido.

Miraba estupefacto unos carteles pegados a una pared.

Mortimer regresó a su lado. Los carteles eran del alcalde Jonas Petigrew. Aspiraba a la reelección. En cada uno de ellos se veía el dibujo de su rostro, muy bien hecho, con la bandera a un lado y su lema, «Honor, rectitud y honradez», en el otro. Al pie de los carteles, con grandes caracteres rojos, las habituales frases de la campaña:

«VOTA PETIGREW. TU VOTO,
TU CANDIDATO.
CON LA VERDAD POR DELANTE».

—¿Horace?

El niño no dijo nada.

De la misma forma que se le había desencajado la mandíbula en el parque, los ojos parecían estar a punto de salírsele de las órbitas.

—¿Qué te pasa? —se asustó Mortimer.

Horace señaló los carteles.

Y su voz tembló lo mismo que lo hizo su enguantada mano.

—Es... él —balbuceó—. Este es... el hombre que... me mató.

Tercera parte:
El segundo día

10
En busca de Los Invisibles

La noche anterior había dormido poco y mal a causa de su aventura en el cementerio.

Esta no parecía ser mejor.

Mortimer no dejaba de dar vueltas y más vueltas en la cama y se incorporó para quedar sentado en ella. No prendió el cabo de la vela. Prefirió la penumbra. La luna seguía estando llena, así que su resplandor se colaba por las grietas del ventanuco. A su alrededor, dándole un tono espectral al cuartucho, todo era blanco, negro o gris.

Casi como una tumba.

Se estremeció.

Había dejado a Horace en el callejón, después de hablar mucho acerca del tema, dado el inesperado giro de los acontecimientos. Ahora no solo tenía a un muerto vivo, sino que sabía la identidad de su asesino.

Porque a Horace no le había cabido la menor duda.

—Mortimer —insistió vehemente—. Vi a ese hombre. ¡Lo vi tan bien como te veo a ti ahora, te lo dije! Bajó del caballo, pegó su rostro al mío, me asió y me zarandeó. Me gritó que era culpa mía. Olía a alcohol. A continuación me dejó otra vez en el suelo y dijo que lo sentía, que no podía...

—No podía llevarte a un hospital sin tener que declarar el suceso a la policía, y entonces... adiós a su carrera política.

Jonas Petigrew llevaba justamente diez años en el cargo.

El alcalde jovial, lo llamaban.

El alcalde que siempre hacía honor a su

lema: «Honor, rectitud y honradez», decían.

Un asesino.

Si bastante complicado era acusar a una persona normal y corriente, y más por un crimen cometido diez años antes, ¿cómo se acusaba a un político?

¿Y cómo se justificaba que el asesinado reapareciera y le señalara con su dedo?

—Maldita sea —se pasó una mano por el pelo.

¿Qué hacer?

No era más que un niño.

Un niño que servía a un brujo.

Un niño con un cadáver a su cargo.

Acabó rendido mucho después. Agotado. No supo ni cómo volvió a dejarse caer en la cama, ni tampoco cuándo cerró los ojos y atravesó la línea de la consciencia a la inconsciencia. Por si fuera poco, tuvo pesadillas. En una de ellas, él ya era mayor, viejo, y seguía cuidando de Horace. En otra, el profesor Haggath los enterraba juntos, como castigo por el incidente de las tres gotas. En la última, robaba todo el dinero de su amo y Plimton le arrancaba los dientes uno a uno.

Despertó entonces.

Sudoroso.

Ya había amanecido. Saltó de la cama, cumplió sus rituales de cada día y salió para prepararle el desayuno al profesor. En lo único que no le ayudaba, era en pasar de la cama a la silla de ruedas. Eso lo hacía él solo. Tampoco le pedía que lo vistiese o lo desnudase. Haggath decía que estaba paralítico, no inválido. Mantenía un orgullo a prueba de todo.

Y Mortimer lo agradecía.

Vestir o desvestir a un hombre debía de ser... raro.

No supo cómo escaparse, ni qué excusa dar para justificar una ausencia prolongada, pero el destino le echó una mano al poco rato.

—Hoy trabajaré en el laboratorio todo el

día y no voy a necesitarte. No me molestes hasta la hora de comer. Aprovecha para limpiar un poco la casa, ¿de acuerdo?

—Sí, señor.

—Tienes mal aspecto, estás ojeroso —le señaló.

—No he dormido muy bien.

—Pues haz el favor de dormir bien —le reprendió—. Una persona somnolienta o cansada es una persona que comete errores, ineficaz, torpe —arqueó una ceja—. ¿No te escaparás por la ventana de noche para corretear por ahí?

—¿Yo? No, mi amo.

Eso fue todo. Otra mirada conspicua y lo dejó solo.

Por si acaso, Mortimer limpió lo que pudo durante unos veinte o treinta minutos. Más tarde, metió la cabeza por la puerta secreta y a lo lejos, iluminado por la luz de las velas, vio al profesor sumido en sus experimentos y cavilaciones.

Ahora o nunca.

Había tenido una idea, la más lógica posible, poco antes de que se le cerraran los ojos. Y la acababa de recuperar hacía unos minutos.

Descabellada o no, era lo único que se le había ocurrido.

Porque estaba claro que necesitaban ayuda.

Hizo el mismo trayecto que el día anterior, y llegó con la misma presteza al orfanato Monroe. Como si nada hubiera cambiado y él viviera allí más que en la casona, Wilkins surgió junto a la verja con su expresión de ferocidad aumentada por las enormes cejas que formaban casi dos pequeños bosques por encima de sus ojos. Al reconocerle, todo cambió.

—¡Pero bueno! ¿Otra vez tú?

—Ya ves.

—¿Seguro que no quieres regresar? Creo que lo estás añorando mucho.

—No, no, es que ayer olvidé preguntarte algo.

—¿Sobre Los Invisibles?

—Sí.

—¿A qué viene tanto interés en eso?

—Te lo dije: curiosidad.

—Pues muy curioso te has vuelto tú. ¿Es que no tienes nada más que hacer?

—Ayudo a hacer un trabajo sobre la historia de la ciudad —se le ocurrió decir.

—¿Y eso es importante? Quiero decir lo de Los Invisibles.

—Horace Floyd Jameson murió sin que se detuviera a su asesino. No hay muchos crímenes sin resolver. Y también está el hermoso gesto de sus amigos, pagando la lápida.

—Con dinero robado, no lo olvides.

—Pero la pagaron, y prometieron deshacer la sociedad si se les permitía enterrar a Horace.

—Bueno, siempre habéis tenido códigos de honor —asintió el gigantón—. Podéis ser huérfanos, pero la mayoría tenéis buenos sentimientos, y aquí muchos os hermanáis, me consta.

—Entonces, ¿me dejas que te haga unas preguntas?

—Adelante, chico.

—¿Sabes dónde podría encontrar a los otros cuatro?

—¿A Malcolm, John Paul, Patrick y Robert?

—Sí.

—No, no tengo ni idea.

Mortimer sintió morir sus esperanzas.

—¿Estás seguro?

—Ya sabes la política de Monroe —mantuvo su seriedad Wilkins—. A los dieciséis años... a la calle. Para eso se les enseñan algunos oficios. Siendo mayores, la vida ya depende de ellos.

—Pero ¿no se les busca algún trabajo?

—Se les dan algunas direcciones adecuadas. Que lo consigan o no es otra cosa.

—¿Y tú no has vuelto a ver a ninguno de ellos?

—No.

—¿Alguien de Monroe sabría...?

—No sé, puedo preguntar. Ven la semana próxima.

No tenía una semana.

Ni siquiera dos días más.

Y aunque no era como buscar una aguja en un pajar, lo parecía.

—¿Cuándo salieron ellos?

—Veamos... Horace murió hace diez años, cuando tenían doce. Ahora los demás tendrán veintidós o veintitrés y...

—Salieron hace seis años —dijo Mortimer.

—Eso es —acabó de cuadrar las cuentas la precaria mente de Wilkins.

Ya no tenía más preguntas.

Un callejón sin salida, como aquel en el que esperaba Horace.

¿O sí le quedaba una?

¡Claro!

—Wilkins, ¿recuerdas qué oficio aprendió cada uno de ellos aquí?

El celador hizo memoria. Mortimer cruzó
los dedos. Era su última esperanza.

—Malcolm Dougherty era muy bueno y
hábil con las manos. Recuerdo que se pasaba el día haciendo tallas de madera. Sí, él
aprendió el oficio de carpintero —recuperó
los recuerdos del fondo de su corpachón—.
John Paul Pendergras era el más elegante.
Se cosía su propia ropa. Decía siempre que
una persona bien vestida tiene las puertas
de todas partes abiertas de par en par. Por
eso solía decir que un día vestiría a prín-
cipes y princesas o sea que... Sí, sastre,
eso es —tardó unos segundos en continuar,
mientras sus ojos se iluminaban a cada paso
interior—. Patrick Beck, en cambio, tenía
muy buena pluma, facilidad para hilvanar
ideas y palabras. ¡Escribía sonetos! ¡Oh, sí,
recuerdo eso! Y cuando se celebraban cosas, Navidad, cumpleaños, él siempre escribía frases divertidas o agradables. Aquí
le decían que lo de escribir no era un tra-

bajo, pero él insistía. Aseguraba que podía llegar a ser un buen periodista, y después, escritor. El último, Robert Daltrey, era el peor de todos ellos. Guapo, seductor, bala perdida... —se rio—. ¡Quería casarse con una gran dama, una rica heredera o algo así! ¡Y apuesto a que lo habrá conseguido, vaya uno! ¡Nada ni nadie se le resistía! Que yo recuerde, no salió de aquí con un oficio más o menos aprendido, como los demás. ¿Para qué?

Mortimer suspiró.

Los tenía. ¡Los tenía! Por lo menos sabía dónde buscar: sastrerías en el caso de Pendergras, carpinterías en el caso de Dougherty, los periódicos locales en el caso de Beck y... más difícil, por no decir imposible, localizar a Daltrey. Pero, de los cuatro, estaba en disposición de dar con la pista de tres de ellos.

Sobre todo de uno.

Más de lo que hubiera soñado.

—¡Gracias, Wilkins, eres un genio! —se despidió.

—Sí, ¿verdad? —mostró su orgullo el hombre—. Mi madre ya me lo decía, ya.

Los dos agitaron sus manos mientras Mortimer regresaba al mundo real, porque a fin de cuentas, el orfanato parecía un vestigio del pasado.

Al menos para él.

11
El periodista
del *Daily Today*

En el carruaje colectivo que le devolvió al centro, Mortimer evaluó la situación.

Carpinterías seguro que encontraba muchas. Sastrerías, aunque menos, también, pues las había de distintos tipos. Y lo de buscar a un joven guapo en pos de una muchacha casadera, imposible.

El tiempo apremiaba.

Le quedaba Patrick Beck, el presunto periodista o futuro escritor.

Porque en la ciudad solo había dos periódicos, el *Daily Today* y el *Herald Royal Magazine*.

Cuando bajó en la parada final, buscó a uno de los chicos que vendían los periódicos voceándolos por las calles. En Londres se publicaban bastantes cabeceras. Allí, en cambio..., ventajas de vivir en una pequeña ciudad de provincias. Correteó por las calles sin dar con ninguno hasta que localizó a un chico pelirrojo en una esquina, con la espalda apoyada en la pared y ya sin anunciar su mercancía, que colgaba de su brazo. Apenas si le quedaban ejemplares.

Y solo del *Herald Royal Magazine*.

—Dame uno.

—Dos peniques.

—¿Dónde podría encontrar un *Daily Today*?

—No lo sé —el vendedor se encogió de hombros—. Mira en el parque. Hay algunos que, una vez leídos, no se los llevan a su casa y los tiran. Un desperdicio.

—Gracias.

Se llevó su ejemplar y a una distancia prudencial se sentó en el bordillo y empezó a ojearlo, artículo por artículo.

Aunque no los leía, claro. Solo miraba la firma.

Llegó a la última página y, para estar seguro, volvió a empezar desde el comienzo.

Ningún Patrick Beck.

Ni siquiera sus iniciales, pues algunos firmaban solo con ellas.

¿Y si Patrick Beck se había ido precisamente a Londres?

¿Y si los cuatro se habían ido?

Tenía que dar con un *Daily Today* para asegurarse.

Fue al parque y caminó por entre los bancos atestados de hombres y mujeres que descansaban al sol. Ninguno leía el periódico. Cuando localizó a un paseante que sí lo hacía, resultó que estaba leyendo el que ya tenía, el *Herald*. La única solución era ir directamente a la redacción del periódico y preguntar allí.

Pero tampoco sabía dónde estaba.

Necesitaba igualmente un ejemplar para ver la dirección.

Se hacía tarde.

Se jugaba algo más que una bronca. Se jugaba una tunda.

Se dirigió a la salida del parque y entonces sí vio a un hombre, sentado, con un *Daily Today* bajo el brazo.

En otras circunstancias, su timidez le habría podido.

Ahora no.

Se acercó a él, se quitó la gorra, y muy educadamente le dijo:

—Perdone, caballero. ¿Sería usted tan amable de dejarme ver una cosa en su periódico? Se ha agotado, ¿sabe? Solo les quedaba el *Herald* —se lo mostró—, y es imperioso que...

El señor no dijo nada. Se lo miró de arriba abajo. Vestía de forma comedidamente elegante sin llegar a mostrar lujos excesivos.

Debió de gustarle su talante, sus buenas formas.

Le entregó el periódico.

—Oh, gracias. Es usted muy amable. ¿Si quiere el *Herald*...?

—Bien —se lo agradeció.

Mortimer se sentó a su lado. Abrió el periódico y empezó a pasar las páginas.

Cada vez más desalentado.

—¿Qué buscas? —le preguntó el dueño del ejemplar.

—Quiero saber si escribe aquí alguien llamado Beck, Patrick Beck.

—En la última página.

—¿Cómo?

—En la última página —se lo repitió—. Es muy bueno.

Mortimer miró la última página. Allí se insertaba un pequeño relato a cuatro columnas, con una ilustración preciosa.

Patrick Beck.

¡Lo tenía!

Con el corazón latiéndole a toda velocidad, buscó las señas del *Daily Today*.

Estaba cerca de allí, pero no lo suficiente
después de tanto rato fuera de casa.

—Gracias, señor —saltó del banco y le
devolvió el periódico.

—No hay de qué —lo saludó con una in-
clinación de cabeza el caballero.

No contaba con más tiempo para prose-
guir sus investigaciones matutinas, por mucho que todo apremiara. El profesor Haggath
había dicho: «dos o tres días». A Horace le
quedaba, como mucho, el resto del día y el
siguiente. Después, moriría por segunda vez.

Llegó a la casa jadeando, con la lengua fuera, y siguió alegrándose de su suerte. El brujo permanecía en su laboratorio, absorto en
estudios o trabajos. Solía sucederle de tanto
en tanto y, para él, esos siempre eran días de
mucha calma. O tenía un pedido complicado,
o al contrario, no tenía ninguno y aprovecha-
ba el tiempo con sus investigaciones.

Preparó la comida y lo llamó.

El profesor Haggath no dijo nada, permaneció silencioso, con la mirada extraviada. Deglutió de forma maquinal, envuelto en sus pensamientos. Solo en la sobremesa, al aparecer Lucius Plimton, rompió aquella catarsis y los dos hablaron un poco. Mortimer, que iba y venía de la cocina, se perdió parte de la conversación.

—Dile a ese hombre que puedes resolver su problema, pero que te dé una respuesta rápida.

—¿Cuánto le pido?

—Veamos... —hizo un cálculo rápido—. Doscientas.

—No creo que dé nada por anticipado.

—Como todos —la risa fue sardónica—. Por suerte lo hacen al ver el resultado.

—Bien, mi señor —se despidió Plimton.

—¡Mortimer! —lo llamó el profesor.

—¿Sí, amo?

Siempre le lanzaba las monedas al vuelo. Esta vez fueron dos.

—Tráeme esencia de rosas, amoníaco, láudano, miel, raíz de tubérculo y hojas de acanto, hiedra amarilla y musgo.

—La esencia siempre tardan un poco en prepararla.

—Pues te esperas a que esté.

—De acuerdo —cerró la mano sobre las dos monedas con fuerza.

Volvió a la calle, y por si acaso, fue astuto. Primero se dirigió a las tres tiendas, la herboristería, la droguería y la farmacia. Dejó todas las compras en la última.

—¡Volveré a buscar estos paquetes y la esencia! —gritó desde la puerta para evitar que la señora Aldderton protestara.

—¡Pero Mortimer...!

Ya no estaba allí.

Llevaba todo el día sin acercarse al callejón. ¿Y si Horace se había ido? ¿Y si lo habían descubierto? ¿Y si ya había vuelto a morirse?

Cuando entró a la carrera por la puerta

del *Daily Today*, casi se llevó por delante a un hombre panzudo que salía parsimoniosamente de la redacción del periódico. Se excusó y se plantó delante del mostrador, donde una guapa muchacha le abanicó con sus largas pestañas.

—¿Qué quieres, chico? —le preguntó.

Mortimer, gorra en mano, imprimió rapidez y carácter a sus palabras.

—Necesito ver al señor Patrick Beck, es muy importante.

La joven se lo tomó con calma.

—El señor Beck está trabajando en estos momentos. ¿Por qué no me dices de qué...?

—Dígale que es una exclusiva.

Mortimer no era tonto. Sabía que esa palabra, *exclusiva*, enloquecía a los periodistas. Muchos habrían dado una mano por una, por aparecer con un texto en la portada del periódico.

—Un momento —vaciló ella.

Lo dejó solo y desapareció detrás de una

puerta. Mortimer contó los segundos, aunque muy aceleradamente. Llegó al trescientos nueve.

La puerta se abrió de nuevo y por ella aparecieron los dos, la recepcionista y el periodista.

Patrick Beck era como se había imaginado. Un típico producto de Monroe. Ojos perspicaces, cara de listo, movimientos rápidos. Tenía veintidós o veintitrés años, pero aparentaba tres o cuatro más. Vestía de forma cómoda, sin estridencias ni alardes. Se cruzó de brazos ante él y no perdió el tiempo.

—¿Y bien?

—Ha de venir conmigo —le dijo Mortimer por toda presentación.

El periodista alzó una ceja.

—¿Por qué?

—Dígame, ¿sigue en contacto con Malcolm Dougherty, John Paul Pendergras y Robert Daltrey?

Ahora la segunda ceja atrapó a la primera en lo alto de su frente.

—¿Cómo sabes tú...?

—Lo sé todo. Ustedes, el orfanato Monroe, Los Invisibles, Horace Floyd. ¿Quiere atrapar a su asesino?

Las cejas no podían subir más.

Lo que abrió ahora fue la boca.

12
La gran sorpresa de Los Invisibles

Mientras sus pies volaban por la calle, Patrick Beck insistió todavía un par de veces.

—¿De veras hace falta correr?

—¡Sí!

—¿Y es necesario que vayamos a buscar a los otros para...?

—¡Sí!

—¿Pero por qué no me dices lo que sabes? ¿Adónde vamos? ¿Qué necesidad hay de ver eso que dices que es tan importante...?

—¡Tiene que verlo con sus ojos!

—¿Tan increíble es?

—¡Señor, no le miento, confíe en mí!

¿Cómo sabría tantas cosas si quisiera engañarle?

—Dime al menos...

—¡Hágalo por Horace, no se arrepentirá!

—¡Tú te arrepentirás como me hayas hecho abandonar el trabajo dejando a medias lo que estaba haciendo!

Y lo miró una vez más como si estuviese loco.

Aunque más loco se sentía él por seguirle.

—¿Falta mucho? —quiso saber Mortimer.

—¡La siguiente calle a la derecha! ¡Y John Paul está en la otra! —saltó por encima de una zanja y casi hundió sus zapatos en un barrizal—. ¡Dime al menos quién lo hizo!

—¡Paciencia!

—¿Y cómo lo sabes tú más de diez años después?

—¡Él me lo ha dicho!

—¿Quién?

—¡Mi testigo!

Patrick Beck se rindió. No iba a sacarle

nada. Probablemente de no haber sido por el nombre de Horace, no estaría allí, corriendo como un loco por la ciudad en compañía de un crío desconocido.

Si alguien lo reconocía...

El joven periodista comportándose como un demente.

La carpintería estaba hundida en una callejuela parecida a la que servía de escondite a Horace. Unos hombres apilaban maderas en el exterior. Iban en mangas de camisa o directamente en camiseta, con sus gorras caladas. Patrick Beck y Mortimer se colaron en el interior.

—¡Malcolm!

El segundo de los miembros de la sociedad secreta del Monroe trabajaba en una oficinita aparte y vestía de forma mucho más correcta. No era un obrero. Mortimer se fijó en su trabajo: dibujaba las formas que debían cortar y moldear en las maderas. Una mano exquisita.

—¿Qué haces aquí? ¿Y quién es este...?

Su compañero no le dejó hablar.

—¡Ponte la chaqueta y vámonos!

—Pero ¿cómo que...?

—¡Es sobre Horace! —lo detuvo—. Este chico dice que sabe quién lo mató, ¡tiene un testigo!

—¿Y crees...?

—¡Sí, le creo! ¡Nos conoce, sabe quiénes somos, lo que hacíamos en el Monroe! ¡Dice que nos lo contará todo cuando estemos juntos y veamos a ese testigo!

Malcolm Dougherty también reaccionó.

Se puso la chaqueta, le gritó a alguien que se iba por una emergencia, y se unió a la carrera, que no fue muy larga porque, como bien había dicho Beck, John Paul Pendergras trabajaba muy cerca de allí.

En la sastrería Mercer, una de las más selectas de la ciudad.

La escena fue básicamente la misma que en la carpintería. Gritos, sorpresa, miradas,

apremio y... salida con aires de estampida.
Pendergras tampoco era un empleado normal, es decir, no vendía a los clientes. Lo suyo eran las pruebas, el corte y la confección.

El orfanato había dado buenos profesionales.

Ya en la calle, de pronto, se detuvieron.

—¡Maldita sea! —apretó los puños Beck—. ¿Dónde diablos puede estar Robert?

—Hoy es miércoles —dijo Pendergras.

—Los miércoles visita a la señorita Harrington, ¿no?

—¡No, eso cambió hace dos semanas! ¡Ahora visitaba a la señorita Mulhoney!

—¡Pero si iba a prometerse con Larry Spencer!

—¡Entonces irá a casa de la señorita Milligan!

—¿Seguro?

—¡No lo sé, últimamente hablaba mucho de esa joven debutante, la señorita...! ¿Cómo se llama?

—¡Surrey, Harriett Surrey!

—¿Seguro?

Dejaron de mirarse y de gritarse los tres.

Era evidente que el guapo y seductor Robert Daltrey seguía buscando a la doncella de sus sueños, sin decidirse por ninguna.

Mortimer contuvo la respiración.

—¡Hay que probarlo! —volvió a tomar las riendas del caso el periodista—. ¿Sabéis dónde vive?

—Yo sí, en... —comenzó a hablar Dougherty.

—¡Vamos, tú guías!

La carrera final fue un poco más larga que las demás, porque la zona noble de la ciudad quedaba apartada, aunque, al menos, se aproximaron al centro y al Mall, cerca de la calle McDougal y el callejón. Las personas que caminaban, despacio o apresuradas, se asustaban un poco al verlos pasar como rayos. No era normal. Tres jóvenes bien vestidos y un muchacho dando enormes zancadas, sudorosos y jadeantes, convertidos en cuatro basiliscos. Más de uno esperó ver aparecer a la policía persiguiéndolos.

Pero no.

—El mundo se está volviendo loco —gruñó un anciano al que sortearon por ambos lados—. Prisa, prisa, ¡prisa! Todos tienen prisa. ¡El día menos pensado les dará por volar o construir máquinas para ir por la calle!

Por lo menos, tuvieron suerte.

—¡Ahí está! —gritó Malcolm Dougherty.

Robert Daltrey caminaba sonriente por la acera opuesta. En ese instante se detuvo delante de la entrada de una mansión, con un sendero de grava flanqueado por parterres de flores muy cuidadas y la puerta al final del mismo. Se anudó aún más correctamente el nudo de la corbata, se pasó una mano por su bien peinado cabello y se dispuso a adentrarse por él. Sonreía con algo más que magia. Vestía de manera atildada, sin lujos, pero con encanto, o por lo menos para realzar los suyos ante los ojos de cualquier damisela.

No llegó a alcanzar la puerta de Harriett Surrey y aún menos a golpearla con los nudillos.

Patrick Beck le sujetó por la derecha. Malcolm Dougherty, por la izquierda. Los dos se lo llevaron en volandas, porque los pies del cuarto miembro de la sociedad dejaron de tocar el suelo.

Fue John Paul Pendergras el que se colocó delante.

—Te vienes con nosotros —le dijo.

—¡Pero qué...!

Fue inútil.

—Se trata de Horace —le cortó el sastre—. Este chico dice que tiene un testigo de su muerte y sabe quién lo mató.

Robert Daltrey miró a Mortimer.

—¿Dices la verdad?

—Sí.

—Te mataré con mis manos si por tu culpa... ¡Iba a pedir en matrimonio a Harriett Surrey!

Sus tres amigos se echaron a reír.

Volvieron a colocarlo en el suelo.

—¿Y ahora adónde vamos? —preguntó Patrick Beck.

—A la calle McDougal, pero antes...

—¿Antes, qué? —frunció el ceño.

Mortimer se puso muy serio. Asustado, pero serio.

—Ustedes ayudarán a descubrir al asesino de Horace Floyd, pero usted, señor Beck, ha de jurarme por su honor que no escribirá más que del crimen, no de lo que va a ver en unos minutos.

—¿Cómo dices?

—El... testigo... —tragó saliva el niño—. Júreme que no dirá nada de él, ni de cómo... —no supo de qué manera explicarlo—. Lo que van a presenciar es algo asombroso y..., bueno, puede que de todas formas nadie le creyera. Pero también está en juego mi vida si mi amo...

—¿Sin preguntas? —vaciló Patrick.

—Sin preguntas, por favor.

Se hizo el silencio.

—Si desenmascaramos a quien asesinó a nuestro compañero, por mí es suficiente —dijo finalmente el periodista—. Te doy mi palabra de honor.

—Entonces vamos.

La última carrera.

Cuando llegaron a la calle McDougal, Mortimer empezó a temblar.

Si Horace no estaba en el callejón, sus cuatro acompañantes lo despellejarían vivo.

Y todo, todo se perdería.

Se detuvo en la entrada.

—¡He vuelto! —gritó.

Nada.

—¡Traigo a cuatro amigos tuyos! —volvió a gritar mientras caminaba hacia la pequeña

montaña de cajas apilada a un lado de la pared—. ¡Son Los Invisibles!

Una caja se movió.

Y por detrás de ella apareció la figura tapada de arriba abajo, con los guantes, la bufanda y la gorra.

Mortimer suspiró aliviado.

—Son Malcolm Dougherty, John Paul Pendergras, Robert Daltrey y Patrick Beck —los anunció—. Han venido a ayudarte.

Los ojos de Horace se dilataron.

Luego, despacio, se quitó la gorra.

Y la bufanda.

Cuando su rostro quedó al descubierto, sus cuatro compañeros de juegos en el orfanato Monroe exclamaron su nombre al unísono.

—¡¡¡Horace!!!

13
Planes para desenmascarar a un asesino

Llevaban ya mucho rato juntos. Todo estaba explicado, o casi, porque a pesar de la evidencia, la incredulidad seguía dominando su ánimo. De vez en cuando tocaban a Horace, para estar seguros de que estaba allí. De vez en cuando le preguntaban alguna cosa que solo él podía saber o recordar, para estar seguros de que aquello no fuese una broma pesada o un fraude. Uno a uno, acabaron llorando. Los Invisibles volvían a estar juntos, aunque en circunstancias extraordinarias. La gente que caminaba por la calle McDougal y miraba al callejón solo veía a cuatro hombres correctamente vestidos y a dos niños, charlando, aunque estaban sentados en el suelo como si disfrutaran de un pícnic campestre. Después de la sorpresa y el pasmo iniciales, y tras las primeras explicaciones de Mortimer para justificar aquel prodigio, Malcolm, John Paul, Robert y Patrick estaban más calmados.

No había sido fácil.

Todos miraban a Horace Floyd Jameson como si vieran a un fantasma.

De hecho, era un fantasma.

Aunque sólido.

Horace también los miraba a ellos, feliz.

—Es el mejor día de mi vida —suspiró.

Mortimer pensó que había un matiz, que, como mucho, era el mejor día de su «nueva» y corta vida.

Cuando los cuatro supieron la identidad de su asesino...

—¡Sabía que ese hombre no era bueno! —apretó los puños Patrick Beck—. ¡Por eso el *Daily Today* es tan crítico con él mientras que el *Herald* le apoya!

—Si hace diez años se hubiera portado correctamente, Horace viviría, pero entonces él no habría ganado las elecciones por cabalgar ebrio —reconoció John Paul Pendergras.

—Y pensar que su lema es «Honor, rectitud y honradez» —rezongó Malcolm Dougherty.

—No podemos consentir que gane esta reelección —apretó los puños Robert Daltrey—. Eso como mínimo, aunque lo justo sería que acabase en la cárcel.

—Usted es el único con poder —le dijo Mortimer a Beck—. Puede escribir la verdad.

—¿Sin pruebas? —bajó la cabeza abatido—. En primer lugar, el director no me dejaría escribirlo. Y más sin poder contar la insólita vuelta de Horace. En segundo lugar, los perros de Petigrew caerían sobre mí y acabaría en la cárcel por difamación. Ahora es un hombre demasiado poderoso.

—¿Y si Horace pudiera estar un poco más

entre nosotros, unas semanas por lo menos?
—dijo Pendergras mirando a Mortimer.

—Es imposible —se mostró profundamen-
te triste—. Ya les he dicho que mi amo es brujo, el último de los grandes alquimistas. Podría
acabar en una hoguera, aunque estemos ya
en 1867 y sean nuevos tiempos. Además,
todo esto se debe a un error mío. Algo que
no debió producirse.

—¿No puedes decirnos al menos su nombre? —insistió Beck—. Iríamos a verle como
clientes.

—No, no puedo revelarlo.

—Entiendo.

—Me prometió...

—Y cumpliré mi palabra, sí. Nadie dirá
nada —miró a los otros tres—. ¿Verdad,
amigos?

—Tampoco nos creerían.

—¿Seguro que solo le queda un día más
como mucho? —preguntó Dougherty.

Mortimer asintió con la cabeza.

Todos miraron al muerto viviente.

—Supongo que he de regresar, sí —lo aceptó con pena—. Y eso que me gustaría mucho estar un poco más de tiempo con vosotros.

—Mejor esto que nada, ¿no? —Daltrey le dio un golpe en la espalda.

No fue muy fuerte, pero a Horace casi se le desencajó la cabeza.

—¡Huy, perdona, lo siento! —se puso más pálido que el niño.

—¡Siempre fuiste un bruto! —se lo reprochó Pendergras—. ¡No sé cómo las chicas te hacen caso!

—No importa, no pasa nada —Horace se colocó bien la cabeza.

Se escuchó un chasquido que les puso a todos los pelos de punta.

Volvieron a mirarse entre sí.

Porque el problema seguía siendo el mismo.

Dougherty resumió el sentir colectivo:

—Tenemos un solo día para desenmascarar a Petigrew, porque está claro que la única forma de que se venga abajo y confiese es viendo a Horace.

Sus palabras cayeron como una fina lluvia sobre sus cabezas.

—¿Cómo va a ver a Horace? —vaciló Pendergras—. ¡No puede pasearse por ahí como si tal cosa!

—Con la gorra y la bufanda sí —se le iluminaron los ojos a Daltrey—. Y más... si nosotros estamos cerca.

A Beck también le brillaron los ojos.

—¿Estás hablando de... un complot?

—¿Acaso no somos Los Invisibles? —puso cara de malo a su compañero.

—Esperad, esperad —los detuvo Pendergras—. ¿Estáis pensando lo que creo que pensáis?

Mortimer contuvo el aliento.

Horace los miraba con aspecto inocente y feliz.

—Esta noche escribiré un cuento para la última página del *Daily Today*. Sé que Jonas Petigrew los lee mientras desayuna, aunque aborrezca nuestro periódico. Vosotros deberéis pedir fiesta mañana. Todos. Yo también lo haré. ¿Tú que tal, chico? —se dirigió a Mortimer.

—Yo lo tengo complicado. He de servir a mi amo. Bastante he hecho con escaparme hoy. No sé si mañana tendré tanta suerte.

—Bueno, solo era por si querías estar cerca, o pudiéramos necesitarte —Beck miró a Horace—. ¿Estás dispuesto, amigo?

—Sí.

—¡Los Invisibles han vuelto! —levantó su puño al aire Daltrey.

—Prepárate, Jonas Petigrew —le secundó Pendergras—. ¡La justicia siempre llega!

—¿Cómo lo haremos? —puso el dedo en la llaga Dougherty.

La atención volvió a centrarse en Patrick Beck.

Por algo siempre había sido el cerebro de
Los Invisibles.

Cuarta parte:
El último día

14
La alegre y feliz jornada de Jonas Petigrew

Jonas Petigrew se levantó contento.
¿Tenía algún motivo para quejarse?
No.
Más bien todo lo contrario.

Iba camino de la reelección, su rival no tenía la menor oportunidad, las fuerzas y los poderes fácticos de la ciudad lo apoyaban sin reservas, porque no en vano en aquellos diez años había sellado alianzas productivas y el dinero fácil había corrido de mano en mano. Todo simple, sencillo, cambiando una ley aquí o modificando una disposición allá. Sin hacer ruido. Con tacto. Con astucia. Pronto le harían Hijo Predilecto, erigirían estatuas en su honor, pondrían su nombre a una hermosa avenida. La reelección también reforzaría su economía. Ya era rico, pero nunca era suficiente. Quería más. Mucho más. Hacía años que se lo había fijado como meta: llegar a ser el hombre más rico de la ciudad, de la región, del país. Solo así, un día, podría incluso aspirar a presidirlo.

Y eso no era todo. Después de tantos años célibe tras la muerte de su esposa, era hora de sentar la cabeza, buscar una hermosa compañera y casarse de nuevo. Naturalmente no podía ser una mujer cualquiera. Había hecho una lista de candidatas que, finalmente, había quedado reducida a tres. Y de las tres, la mejor y más adecuada era la hermosa Harriett Surrey. Buena familia, veintiún años recién cumplidos, pretendida ya por un enjambre de jóvenes mitad enamorados, mitad deslumbrados...

En cuanto él apareciese dispuesto a cortejarla, aunque mayor, sus padres a buen seguro se mostrarían proclives a la unión.

Provechosa unión.

El alcalde y la hija de uno de los grandes industriales de la zona.

Del país.

Con Harriett Surrey del brazo, lo envidiarían.

Una delicada perla recién salida de la ostra. Después de sus estudios en Oxford, ya vivía definitivamente allí. Su puesta de largo había sido toda una conmoción.

Sí, Jonas Petigrew se levantó muy contento.

Radiante.

Canturreó mientras se duchaba, dejó de hacerlo mientras Harry, su ayuda de cámara, lo afeitaba, no fuera a rebanarle el cuello con la cuchilla, y siguió canturreando después, al vestirse y bajar a desayunar. Era una melodía pegadiza. La había escuchado en el reservado de El Mundo Rojo, el local al que solía acudir con objeto de relajarse y pasarlo bien durante unas horas, para evadirse del duro trabajo que representaba ser alcalde. La noche anterior se la susurró al oído la exuberante Mimi, Mimi Larue, la última adquisición francesa de El Mundo Rojo. Ah, desde luego las francesas tenían algo que no tenían las inglesas. Un picante. *Charme*, lo llamaban ellos. Mucho *charme*.

Una vez en la mesa dejó de canturrear y miró los ejemplares de los dos periódicos del día dispuestos en una bandeja a su derecha, el *Daily Today* y el *Herald Royal Magazine*. El primero era crítico con él. Mucho. Siempre estaban tratando de buscarle los tres pies de la verdad al gato de su labor. Por suerte él era cuidadoso, no dejaba cabos sueltos ni pistas. Los del *Daily Today*, simplemente, no tenían pruebas de nada. El *Herald*, por el contrario, lo apoyaba siempre, incondicionalmente. Claro que les daba buenas campañas publicitarias, y su director cenaba con él a menudo.

Pese a todo, también como cada mañana, primero leyó el *Daily Today*.

El cuento de la última página siempre le resultaba fascinante.

En cambio, no leía nada más de él. ¿Para qué? ¿Para enfadarse? Pasaba al *Herald* y se regalaba los ojos con las lisonjas que vertían sobre su persona, su trabajo y sus méritos.

Como tenía que ser.

Harry le colocó delante las tostadas en su perfecto punto, el huevo duro en su perfecto punto, la mermelada, el té, la leche y todo lo demás en su perfecto punto. Le dio la vuelta al periódico y leyó el título del cuento escrito por aquel novedoso periodista llamado Patrick Beck.

«La acusación del muerto viviente».

Buen título.

Las narraciones terroríficas lo estimulaban.

Comenzó a leer mientras preparaba la primera tostada:

El día que Mathias Culver Sheringham volvió a la vida supo que tenía una misión. No se preguntó por qué resucitaba. No se preguntó qué clase de sortilegio era capaz de tal milagro. Ni se molestó por los rayos y la lluvia. Lo único que supo el niño, de doce años de edad, era que tenía una oportunidad. La de desenmascarar al hombre que lo había matado hacía diez años, arrollándolo con su caballo, en una solitaria calle en las oscuras horas de la noche...

Jonas Petigrew se removió un poco en la silla.

Sostenía el periódico con la mano izquierda, y la rebanada de pan ya untada en mermelada con la derecha, pero sin llevársela a la boca.

Es más, su imagen era bastante estúpida, con la boca abierta y la mano quieta.

Siguió leyendo:

Mathias Culver Sheringham abandonó la tumba y echó a andar. Diez años enterrado habían dejado huella en su aspecto. La blancura de su cuerpo, aquel esqueleto apenas recubierto por una capa de fina piel, no era sino el reflejo de su aspecto fantasmal. La herida de la cabeza y el desgarro del vientre, producto de los cascos del caballo al patearle...

Jonas Petigrew dejó la tostada en el plato. Se acababa de quedar sin apetito.

Aquel condenado Patrick Beck...

Agarró el periódico con las dos manos y se sumergió de lleno en la lectura de aquel inquietante relato:

Mathias Culver Sheringham recordaba muy bien el último día de su vida, su último aliento. Después de que el caballo le pateara, su jinete, borracho, había descendido de la montura para arrastrarlo a un

lado de la calle. El hombre vomitó al ver las tripas saliéndosele por el vientre y la profunda herida en la cabeza. Bajo aquel aliento lleno de vapores alcohólicos, su asesino le había gritado: «¡No es culpa mía, maldita sea! ¡No es culpa mía!». Y luego, antes de incorporarse asustado, mirando a derecha e izquierda por si alguien había sido testigo del incidente, sus últimas palabras fueron: «Lo siento, no puedo perder mi vida por esto». Entonces regresó a su montura y abandonó allí al niño para que muriera.

Las manos se cerraron con tanta furia sobre el periódico que lo estrujaron.

Jonas Petigrew no siguió leyendo. Ni siquiera para ver cómo terminaba la historia.

Hacía sol, la primavera era hermosa, pero él vio una negra tormenta a través de la ventana. La misma cuyos negros nubarrones se extendían por su cabeza.

—¿Cómo diablos...?

¿Un relato? ¿Un cuento... inventado? ¡Aquella era su propia experiencia! ¿Casualidad?

Por fuerza tenía que serlo. Pero no dejaba de ser curioso. Se habría echado a reír de no ser porque acababa de revolvérsele el estómago. La conciencia, no. La había acallado hacía mucho. La dichosa historia que publicaba el *Daily Today* era exactamente la suya.

Arrojó el periódico a un lado y se levantó de la mesa.

—¿No desayuna, señor? —le preguntó Harry.

—No, no tengo apetito.

—Oh.

Harry era pragmático. «Oh» era lo máximo que concedía a la sorpresa o un cambio de planes.

Jonas Petigrew fue a su despacho. Paseó un minuto por él, arriba y abajo, arriba y abajo, repitiéndose que aquello no era más que el producto de un negro azar. Cuando se hubo serenado lo suficiente, tomó su sombrero, su bastón, la casaca roja que solía lucir a diario yendo a la alcaldía montado en su caballo, y salió de la casa. Pasaba siempre por la calle McDougal, pero esta vez se decidió a dar un rodeo.

Lawrence, su caballo, relinchó al verle aparecer.

Sassafras, el mozo, le abrió la puerta.

Ya montado en *Lawrence,* dejó que el animal saliera por ella, sin decirle nada. Los cascos del caballo resonaron en la tierra, bajo el silencio.

Entonces, al otro lado de la calle, Jonas Petigrew vio algo.

Un niño.

Pero no un niño normal.

Su piel era muy blanca, su aspecto demacrado, casi muerto, sus ojos enormes y amargos. Un montón de huesos sostenidos milagrosamente con apenas un poco de piel por encima. Iba con el torso desnudo, por lo que se le veía la espantosa cicatriz del vientre, lo mismo que la de la cabeza.

Jonas Petigrew nunca había olvidado la cara del niño arrollado por su temerario galope de aquella noche.

A veces todavía se le aparecía en sueños.

Ahora lo tenía delante.

Porque era él, sin duda.

Sucedieron dos cosas casi al unísono. La primera que *Lawrence,* al verlo, o al olisquearlo, no solo relinchó y se subió sobre las patas traseras, muy asustado, sino que pareció volverse loco. La segunda, que su amo hincó en los flancos de la bestia sus tacones, obligándole a salir a la carrera.

Más que a la carrera, de estampida.

Las primeras personas que lo vieron pasar al galope esa mañana no supieron decir cuál de los dos tenía los ojos más desorbitados, si él o el caballo.

15
El fantasma

Cuando llegó a la alcaldía, Jonas Petigrew no dejaba de mirar atrás. Incluso al cielo. ¿Volaban los fantasmas?

Porque... ¿qué, si no, había sido aquello? ¿Una aparición?

¿Y justo el día en que el *Daily Today* publicaba tan peregrina y curiosa historia?

—¿Se encuentra bien, señor? —le preguntó su ayudante personal, el somero y eficaz Michael Huttington.

—¡Sí! ¿Por qué no iba a encontrarme bien? ¿Hay algo que impida que me encuentre bien? ¿Tengo cara de encontrarme mal?

Los gritos hicieron que el joven retrocediera, hasta pegar su espalda a la pared, porque el rostro de su jefe lo tenía casi pegado al suyo.

—N-n-no —balbuceó asustado.

—¡Que nadie me moleste! —aulló el alcalde metiéndose en su despacho.

Cerró la puerta con tanta violencia que el edificio entero tembló y un pedazo de pintura y estucado se desprendió del techo.

Fue a caer sobre el hombro derecho de Michael Huttington.

Jonas Petigrew no se sentó en su majestuosa butaca.

Se acercó a la ventana, se apostó a un lado, protegido por los cortinajes, y atisbó la calle.

Nada.

La vida normal, la de cada día.

¿Y si había sufrido una alucinación?

¿Y si el relato del periódico le había causado tanta impresión que su cabeza le acababa de jugar una mala pasada?

Podía ser, sí.

Pero, entonces, ¿por qué *Lawrence* había tenido una reacción tan inusitada?

Él también montaba a *Lawrence* aquella noche.

¿Tenían memoria los caballos?

¿O lo que le había asustado, simplemente, era el olor de la muerte?

Jonas Petigrew cerró los ojos.

Volvió a abrirlos al instante.

En la oscuridad, veía al niño, convertido en un esqueleto andante, con su mirada acusadora, la piel blanca de un espectro, las dos cicatrices de su agonía y muerte...

Se dio cuenta de que estaba sudando.

—Calma, calma... —apretó los puños—. Eres el alcalde. Calma.

¿Qué tenía que hacer a lo largo de la mañana?

—¡Michael!

Su ayudante apareció de inmediato.

—¿Señor?

—¿Qué tengo esta mañana?

El joven no tuvo que consultar ninguna fuente.

—Dentro de media hora la visita al hospital de St. Arthur. Después el discurso en la Academia de las Artes. Comida con los miembros del gremio de...

—Bien, bien —le dispensó de seguir—. Avísame cuando tengamos que ir al hospital.

Michael lo dejó solo.

Y él pasó aquellos minutos exactamente igual, hecho un lío, aunque, poco a poco, más tranquilo.

Los actos de la mañana eran en beneficio de su campaña de reelección. La tenía asegurada, pero era mejor no perder ni un voto, no dar la menor posibilidad a su oponente. Fue a su pequeño mueble bar secreto y, aunque no había desayunado, se sirvió un dedo de *whisky*. Suficiente para estimularse.

Cuando llegó la hora, estaba mejor.

Su presencia en el hospital de St. Arthur

fue recibida con aplausos y muestras de afecto. Todo el personal aguardaba puesto en fila, como una pequeña guardia rindiéndole honores. Lo peor era ver a aquellos enfermos, tan desagradables, tan espantosos. Si no fuera porque, mientras estaban vivos, votaban... Cinceló en su rostro una sonrisa fija y se dispuso a pasar el mal trago. En la zona infantil fue peor, porque los niños insistían en tocarle. Tuvo ganas de salir a escape. Una vez finalizada la visita, quiso ir a los servicios.

Al entrar en ellos, vio a un joven que hacía uso de una de las dos piletas.

Se disponía a realizar la oportuna micción cuando...

No le cayó ni una gota.

El niño estaba allí.

—¡Aaah...! —gritó sin poder evitarlo mientras pegaba su espalda a la pared.

El joven le lanzó una distraída mirada.

—¿Le sucede algo?

—Ese... niño...

Con rostro inocente, John Paul Pendergras miró a Horace.

—¿Niño? ¿Qué niño? —dijo.

—¿No ve... usted... a... ese... ni-ni-ni-ño?

John Paul siguió interpretando perfectamente su papel.

—Estamos usted y yo solos, señor. ¿Se encuentra bien?

No le contestó.

Jonas Petigrew salió de allí más que corriendo.

John Paul le guiñó un ojo a Horace. Y, por si acaso, le ayudó a saltar por la ventana, donde le esperaban los otros, no fuera que al alcalde le diera por volver a entrar, o llamara a alguien.

Pero el alucinado caballero lo que menos tenía era ganas de volver sobre sus pasos.

Todos lo vieron salir del hospital como si le persiguiera una jauría de lobos hambrientos, con Michael Huttington detrás de él intentando alcanzarlo.

Primero en la calle, ahora en el hospital, ¡y aquel hombre no lo veía!

¡Solo él!

¡El fantasma del niño muerto volvía para acosarle!

—¿Por qué? ¿Por qué? ¿Por qué después de tantos años? —jadeó.

—¿Quiere que regresemos a la alcaldía, señor? ¿Anulo el discurso en la Academia de las Artes? —le propuso su asustado y desconcertado ayudante, que jamás lo había visto así.

—No, no —se pasó un pañuelo por la sudorosa frente.

Prefería estar con gente.

¿Y si aquel monstruo aparecía en su despacho?

Llegaron a la Academia en unos minutos y se repitió el recibimiento. Esta vez, antes del discurso, le obligaron a ver los últimos trabajos de los estudiantes, esculturas horribles, cuadros asquerosos que incluían temerarios desnudos, alfarerías que nadie sensato usaría para beber o comer... ¡Jonas Petigrew estaba seguro de que el arte era una manifestación del diablo!

Bueno, allí al menos había gente.

Los fantasmas no se presentaban en mitad de una multitud...

Volvió a demudársele el rostro.

¿Era posible que se estuviera abriendo la tapa de un arcón y que por él asomara...?

¡El niño!

Todos le miraban a él, le sonreían a él. Nadie reparaba en el arcón de madera, situado en un ángulo lejano de la sala.

Levantó una mano temblorosa.

—A-a-allí...

Justo cuando todos volvían la cabeza, la tapa se cerró.

—Ah, veo que admira usted mi obra —dijo un joven a su lado—. Me llamo Malcolm Dougherty, soy carpintero y exalumno de esta academia...

El alcalde no le hizo caso.

Corrió hasta el arcón con pasos de juguete roto.

¿Y si levantaba la cubierta y nadie veía al niño?

¿Y si solo lo veía él?

Vaciló, pero el que la subió, de forma inesperada, fue aquel joven que acababa de hablarle.

—Hermoso interior, ¿verdad?

El arcón estaba vacío.

¡Vacío!

Jonas Petigrew ya no pudo más.

Buscó a su ayudante.

—Por favor, llévame a la alcaldía —gimió.

Fue una conmoción. Todos siguieron al indispuesto señor alcalde. Todos menos Malcolm, que se quedó junto a su obra, y Patrick Beck, que apareció por una de las puertas laterales. Malcolm abrió de nuevo la cubierta exterior.

Luego hizo lo mismo con la interior,

abriendo el doble fondo donde Horace se había ocultado corriendo una madera por encima de su cuerpo, tal y como le habían enseñado.

—Lo has hecho muy bien —dijo su amigo ayudándole a salir.

Patrick lo tomó en brazos, como una pluma. Se dispuso a cubrirlo con la manta con que lo llevaban de un lado a otro.

—No creo que vaya a esa comida —dijo.

—Da lo mismo. El plan sigue adelante —sonrió Malcolm.

En el exterior, Jonas Petigrew era llevado medio muerto y desfallecido por Michael Huttington a la alcaldía, sin que nadie entendiera qué podía haber sucedido en la Academia o qué diablos le pasaba a su primera autoridad.

16
El encuentro de dos
viejos enemigos

Mortimer se preguntaba cómo irían las cosas.

El plan era muy bueno, perfecto, a pesar de haberse improvisado tan rápido. Había bastado con conocer lo que iba a hacer el alcalde a lo largo de aquella jornada, y Patrick Beck tenía acceso a esa información. Los Invisibles seguían siendo eficaces conspiradores. Pero disponían de un solo día, y eso lo complicaba todo. Demasiada premura. Por la noche, quizás incluso antes, Horace regresaría a su eternidad, y esta vez, para siempre. ¿Cómo lograrían que en unas horas Jonas Petigrew confesara su execrable crimen?

Y encima, esta vez, él no había podido escaparse.

Bastante suerte tuvo el día anterior.

El profesor Haggath llevaba trabajando en su laboratorio desde primera hora de la mañana, como siempre, pero con la diferencia de que ahora contaba con su colaboración.

—Tráeme el bote del polvo de murciélago.

—Sí, señor.

—Lléname esta jarra con agua recogida del estanque en noche de luna llena.

—Sí, mi amo.

—Enciende los tres pebeteros y acerca todas las velas.

—En seguida.

La mañana entera.

Habían comido, muy rápido, y seguían encerrados en el laboratorio. Mortimer nunca sabía si el brujo ensayaba fórmulas, estudiaba reacciones o preparaba pócimas para que luego él las llevara a Plimton y a los clientes

que pagaban por ellas. Imaginaba que llega-
ría la noche y seguirían igual.

Se enteraría de todo al día siguiente.

¡Pero quería ser protagonista!

Quizás Los Invisibles, aunque eran mayores, lo aceptaran en sustitución de Horace.

Suspiró.

Sueños. Siempre soñaba despierto.

—¿Por qué suspiras? —gruñó Haggath—.
¿Te aburres?

—Oh, no, no. Solo estoy un poco cansado.

—¿Cansado? ¿Con doce años y te cansas?
¡Tienes dos piernas y una cabeza, úsalas!

—Perdone, señor.

—Ah, los jóvenes de hoy no sabéis nada.
En mis tiempos…

No siguió hablando porque en ese momento alguien llamó a la puerta. Aunque estaban
en el laboratorio, encerrados, el alquimista había diseñado un eficaz sistema de campanillas
que les advertía de cualquier novedad.

Mortimer se envaró.

¿Y si eran ellos, con alguna excusa para verle?

—No abras —gruñó el brujo.

—¿Y si es Plimton?

—No lo espero.

—Puede ser algo importante de todas formas...

—Está bien —se rindió de mala gana—, abre.

Mortimer salió del laboratorio, colocó el armario en el hueco y corrió hacia la puerta.

Esperaba a cualquiera, a cualquiera, menos a... ¡Jonas Petigrew!

Se lo quedó mirando como si fuera el diablo.

—¿Está tu amo? —preguntó con mirada fría.

—S-s-sí, señor.

—Avísale.

El alcalde parecía cambiado. Cabello revuelto, la ropa arrugada y mojada, como si lloviera o estuviese sudando mucho, los ojos enrojecidos, un ligero temblor en las manos y la comisura de los labios...

Mortimer no llegó a la puerta secreta del laboratorio.

El profesor Haggath apareció tras él.

—Jonas.

—Peter.

Los dos hombres se conocían.

La escena se congeló.

El visitante, de pie; el dueño de la casa, en su silla de ruedas; el niño, entre los dos, con los ojos muy abiertos.

—¿Qué quieres? —rompió el nuevo silencio el alquimista.

—Hablar contigo.

Otra larga pausa.

Sus miradas cruzadas.

Cargadas de animadversión.

—Déjanos, Mortimer —le pidió su amo.

—Sí, señor.

Le obedeció a medias. Los dejó, pero no

se fue a su habitación ni al otro extremo de la casa. Le bastó con dar dos pasos tras los cortinajes de la sala y esconderse protegido por ellos. No solo podía oírlos perfectamente, sino también atisbar al otro lado.

Jonas Petigrew se sentó sin esperar una invitación por parte de su anfitrión.

—Eres la última persona que habría esperado ver aquí —dijo el alquimista.

—Eres la última persona a la que habría ido a ver —reconoció el alcalde.

—¿Entonces?

—Necesito saber algo.

—¿Qué es?

—¿Eres el responsable de lo que me está sucediendo?

—No sé qué te está sucediendo.

Los ojos de Jonas Petigrew se empequeñecieron aún más. Su miedo quedaba tamizado por la rabia.

—Veo muertos.

Los del profesor se hicieron más grandes.

—¿Ves... muertos?

—¡Sí, maldita sea!

—¿Y qué tiene que ver eso conmigo?

—Vamos, Peter. La guerra que comenzó hace años sigue, ¿no? Llevábamos tiempo sin vernos, pero aun así... En la escuela tenías fama de raro, y después, en la facultad, se rumoreaba que hacías sortilegios, prácticas mágicas.

—Tú lo has dicho: rumores. Jamás se probó nada.

—¡Porque te habrían quemado en una hoguera y te cuidabas de que eso no ocurriera! ¡Pero sé que algo de verdad había en todo eso! ¡Siempre leías libros extraños, incluso prohibidos, prácticas esotéricas, estudio de plantas, esencias, física, química...! ¡Cuando desapareciste aquellos años, se dijo que estabas en lugares remotos, la India, los reinos perdidos del Himalaya, África...! ¡No puede ser casual!

—Bien.

—¿Bien? ¿Ya está? —las manos del alcalde se crisparon—. ¡Si eres un mago, un brujo, lo que sea, solo tú puedes estar detrás de lo que me sucede!

—¿De verdad ves muertos?

—¡Sí!

—¿Qué clase de muertos?

—¡Un niño al que conocí hace diez años... accidentalmente! ¡Llevo viéndolo desde esta mañana!

—¿No será producto de tu mala conciencia?

Jonas Petigrew se revolvió en su asiento.

—Mírate —dijo—. Incluso paralítico sigues igual.

—Tú también.

—¡Ella me escogió a mí!

—No, tú me la quitaste. Le llenaste la cabeza de pájaros.

—¡La amaba!

—¡Yo más! —la voz tembló al agregar—: Y la dejaste morir.

—¡No la dejé morir, enfermó!

—Si pensabas que yo era brujo, ¿por qué no viniste a verme? ¿Por orgullo?

El alcalde soltó una bocanada de aire.

Después bajó la cabeza.

—¿De qué vives, Peter? —masculló—. Desde tu accidente ya no das clases y, en cambio, se rumorea que eres rico, aunque no lo parece —miró a su alrededor.

—Hice buenas inversiones —aseguró el profesor.

—Apostaste a que serías más rico que yo.

—Y ya lo soy.

—No seas necio.

—¿Necio?

—Soy el hombre más poderoso de la ciudad. Hasta en esto te he ganado. Jamás superarás lo que yo poseo.

—Ven.

Mortimer se apartó rápido. El profesor Haggath condujo la silla de ruedas hasta su despacho, con el alcalde detrás de él. El niño los siguió envuelto en las sombras.

Perplejo por aquella revelación inesperada.

¡Peter Hawthorn-Thorne Haggath guardaba toda aquella fortuna... por una apuesta! ¡Para ganar a un rival, a un enemigo, al hombre que, al parecer, le había robado el amor de su vida!

Ahora lo entendía todo.

El alquimista abrió su gran caja fuerte, llena a rebosar de bolsas, montañas de billetes, pagarés y monedas.

Jonas Petigrew se quedó estupefacto.

—¿Todo este tiempo...? —balbuceó.

—Sí.

—¡Estás loco!

—Mi recompensa es verte la cara ahora —sonrió con desprecio—. Eres una mala persona, Jonas. Lo eras entonces, lo eres ahora y lo serás siempre. Iba a decírtelo un día de estos, pero ya que estás aquí... Te he ganado. Soy más rico que tú. A mí no me importa, pero sé que a ti sí. Lo de que veas muertos y te estés volviendo loco, cosa que

deduzco por tu aspecto, no es más que la
guinda del pastel. Así que hoy, ya ves, es el
día más feliz de mi vida.

—¡Viejo loco y rencoroso...! —estuvo a
punto de ahogarle su visitante.

—Si me tocas, morirás —le advirtió Haggath.

No llegó a rozarle.

Reapareció el pavor en su semblante.

—¡Voy a hacer que...!

—¿Qué? —le desafió el dueño de la casa.

—¡Acabaré contigo!

—No podrás —mantuvo la sonrisa acera-
da—. Emplearé todo este dinero para des-
truirte —entrecerró los ojos con astucia y
agregó—: Además..., no sabes si realmente
soy un brujo, pero... imagínate que lo soy.
¿De verdad quieres desafiarme, iluso?

Fue suficiente.

Jonas Petigrew cerró los puños, le lanzó la
más áspera de las miradas, cargada con todo
su odio, y se dio media vuelta para irse de allí.

El estallido de la puerta hizo temblar la casa.

En su desesperación, había ido incluso a ver a su más temible enemigo, solo para descubrir el peor de los panoramas.

—¡Mortimer! —llamó su amo.

—Sí, señor —fingió llegar a la carrera.

—Sigue a ese hombre, y cuéntame cuanto haga... o vea, o crea ver.

—¿Le sigo todo el tiempo?

—Sí.

—¿Hasta la noche?

—¡Hasta la noche, sí, no importa la hora a la que regreses! ¡Si es tarde me despiertas, o me lo cuentas mañana! ¡Vamos! ¿Quieres perderle?

Era perfecto.

Mortimer contuvo sus deseos de gritar de alegría.

—¡Confíe en mí, profesor!

Y salió a la carrera.

17
Frente a frente

Aunque iba a caballo, la marcha de Jonas Petigrew no podía ser más lenta y errática.

Más que un hombre, parecía un pelele.

No contestaba a la gente que lo saludaba al reconocerlo. No sonreía. Tenía la vista perdida en alguna parte indefinible de su horizonte más inmediato.

Sus ojos expresaban el pánico que lo invadía.

Sudaba.

Mortimer no tuvo que afanarse mucho para no perderlo de vista. Le bastó con mantener una prudente distancia, aunque estaba seguro de que, ni mirándole fijamente, su perseguido le reconocería como al niño que acababa de abrirle la puerta de la casa de Peter Hawthorn-Thorne Haggath.

En un cruce de calles, al detenerse el caballo, una mano le atrapó por la espalda.

—Pero ¿qué...? —se asustó.

Otra mano le tapó la boca.

Rápidamente reconoció a los cuatro miembros adultos de Los Invisibles, con Horace en brazos de Patrick Beck.

Al muerto viviente solo se le veían los ojos.

—¿Dónde te habías metido? —le preguntó Malcolm.

—He tenido trabajo —mintió—. ¿Qué tal?

—Un día magnífico —le guiñó un ojo John Paul—. Ha visto varias veces a Horace y ya se está volviendo loco.

—Ahora ha ido a ver a un viejo profesor llamado Haggath —siguió Robert—. Suponemos que buscando consejo médico o algo parecido.

—Ah —fingió indiferencia Mortimer.

—Cuidado, reemprende la marcha —advirtió Patrick.

En efecto, el caballo de Jonas Petigrew volvía a caminar, quizás por inercia propia, o quizás porque su dueño lo hubiera espoleado.

Ahora en bloque, disimulando el hecho de ser unos conspiradores, mantuvieron la persecución de su objetivo.

—Hemos de conseguir que vuelva a ver a Horace —dijo Malcolm.

—Cuando baje del caballo —apreció John Paul.

—¿Y si regresa a su casa y se encierra en ella? —manifestó Robert.

—Entonces llamaremos a su puerta —lo dejó claro Patrick.

De debajo de la manta que cubría a Horace les llegó un agotado murmullo.

—Me siento muy... cansado —musitó el pequeño.

Los cuatro se miraron entre sí.

Se agotaba el tiempo.

—Voy a derribarle del caballo —se ofreció Mortimer.

—No, espera —le detuvo Malcolm—. Aquí hay demasiada gente. No vamos a precipitarnos estando tan cerca. Yo creo que, tal y como está ahora, le basta con un empujoncito para venirse abajo.

—De acuerdo —asintió John Paul.

Continuaron siguiéndole.

Unas calles, cerca de diez minutos.

El caballo siempre al paso, llevando a su grupa al inexistente alcalde.

Hasta que alcanzaron la zona noble de la ciudad, con apenas gente caminando por sus arboladas avenidas y casi ningún jinete en lontananza, y menos todavía un carruaje.

—¿Será posible que se dirija a casa de Harriett Surrey? —se sorprendió entonces Robert Daltrey.

—Te va a quitar a la novia —se burló John Paul.

—¿Ese viejo?

—He oído decir que la pretendía —le advirtió Patrick.

La cara de Robert fue un poema.

—Entonces hay que actuar ya.

—¿Ya no confías en tus encantos? —siguió pinchándole John Paul.

—Acabarás casándote con una rica heredera sin amor y no serás feliz —puso el dedo en la llaga Malcolm.

—Estoy enamorado de Harriett, que lo sepáis —se defendió el más atractivo de los cuatro—. Verla fue... una luz, cambiar, darme cuenta del verdadero sentido de la vida.

Patrick, John Paul y Malcolm se miraron entre sí y, pese a la gravedad del momento, rompieron a reír.

—¡Bah, dejadme en paz! —se enfadó Robert.

Los otros tres se rieron aún más.

Llegaron a la calle donde vivían los Surrey. La misma calle en la que habían encontrado a Robert a punto de llamar a su puerta el día anterior.

—¿No irá a verla con semejante aspecto? —se asombró el joven—. Si lo hace es que se ha vuelto realmente loco.

—Ese hombre ya no sabe lo que hace —dijo Patrick.

—Entonces es el momento y tenemos que aprovecharlo. Anochecerá pronto —convino John Paul.

Mortimer gritó:

—¡Mirad!

Jonas Petigrew bajaba del caballo delante de la mansión de los Surrey. Lo hizo como un autómata, un sonámbulo que se movía por inercia. Por puro instinto ató las bridas a la verja. Entonces levantó la cabeza, miró el cielo, a su alrededor...

Ellos se escondieron detrás de un cercado.

—Hay que impedir que llame.

—Es ahora o nunca.

—Vamos a por él.

—Poneos en la acera de enfrente —dijo Robert.

Y echó a correr hacia el alcalde.

Lo detuvo cuando todavía no había dado más allá de dos pasos por el sendero de grava de la casa de los Surrey.

—¡Señor!

Jonas Petigrew, como un borracho, lo miró con ojos inestables.

No dijo nada.

Robert Daltrey se sintió malvado de pronto.

—No va a volver a ver a la señorita Surrey —le susurró.

—¿Por qué?

—Porque va a ser mi prometida, caballero —el joven le enseñó sus perfectos dientes en lo que trató de ser una fría sonrisa—. Y porque usted dormirá hoy en la cárcel.

Jonas Petigrew recuperó por un momento su compostura.

¿De qué le estaba hablando aquel petimetre?

—¿Sabes quién soy, chico? —espetó con un deje de renacido orgullo.

—¿Por qué no mira al otro lado de la calle y le pregunta a él si sabe quién es usted?

El alcalde dirigió sus ojos hacia el lugar que le indicaba el intruso.

Y se le desencajó la mandíbula.

Allí estaba el niño.

El espectro.

De nuevo.

—No puede... ser...

Por si echaba a correr, Robert le sujetó por el brazo. En la acera, como si oliera la muerte, el caballo relinchaba ya lleno de miedo, tratando de soltarse. Levantaba las patas delanteras y tiraba con la cabeza.

Patrick, Malcolm, John Paul y Mortimer se habían escondido detrás de un árbol y el matorral abierto sobre sus raíces.

Robert empujó suavemente a Jonas Petigrew.

—Hable con él —sugirió.

—Yo...

—Vamos, hágalo —siguió susurrándole al oído, igual que si estuviera hipnotizándole—. Es ahora o nunca. ¿O quiere que esto sea así cada día? Usted lo mató, ¿recuerda? Solo tiene que hablar con él.

Las rodillas del alcalde se doblaron. Hubiera caído al suelo de no ser por Robert.

—Fue un...

—¿Accidente? Dígaselo.

Cruzaban ya la calzada. La calle seguía desierta. Jonas Petigrew se dejaba conducir dócilmente, con los ojos desorbitados. Abría y cerraba la boca buscando aire que llevarse a los pulmones.

Finalmente se detuvieron frente a Horace.

Llevaba únicamente los pantalones, para que se viera su torso desnudo con la cicatriz. La blancura de su piel era cada vez más espectral. El anochecer se apoderaba de los colores y ayudaba a aumentar el fenómeno. Los grandes y enormes ojos del niño atravesaron hasta la última defensa de su asesino.

Jonas Petigrew cayó de rodillas.

—¡No quise hacerlo! —empezó a gemir—. ¡Fue un accidente! ¡Había bebido, sí, pero...! ¡Tú te cruzaste en mitad de la calle!

—¿Por qué no me llevó a un hospital, señor?

Al oír su voz, el alcalde tembló aún más. Su expresión rozó ya la locura, el punto sin retorno.

—¡Iba a ser alcalde!

—Me desangré en aquella calle.

—¡Lo siento, lo siento, yo...!

Entonces sucedió lo más asombroso.

Jonas Petigrew agarró el brazo izquierdo de Horace, para dar más énfasis a sus palabras. No lo hizo con fuerza, solo para dar mayor consistencia a su súplica.

Pero le arrancó el brazo, entero, desde el hombro.

El chasquido fue espeluznante.

—¡¡¡Aaah...!!! —gritó aterrado reculando con el trasero a ras de suelo, al mismo tiempo que lo soltaba.

Horace miró su brazo.

Se agachó, lo recogió con la mano derecha, y se lo guardó.

—Puede arrancarme la cabeza si quiere —dijo lúgubremente—. Yo ya no siento nada.

Para el alcalde, fue suficiente.

Se puso en pie, se llevó las manos a la cara, ahogó un nuevo grito con los ojos saliéndose de las órbitas y arrancó a correr.

Su caballo hizo lo mismo, soltándose del lazo que le unía a la verja de los Surrey, pero él lo hizo en dirección contraria.

—¡Vamos, hay que seguirle y ver si se dirige a donde creo que se dirige! —dijo Patrick recogiendo a Horace en brazos.

Lo cierto era que Jonas Petigrew corría tanto y tan rápido, que incluso siendo tan jóvenes, estuvieron a punto de perderlo.

18
Medianoche en
el cementerio

No había ni rastro del perro que había desencadenado todo aquel lío. Quizás siguiera escondido, temiendo olisquear o ver a los fantasmas que, de pronto, salían de sus tumbas. Así que Mortimer, Patrick, Malcolm, John Paul, Robert y Horace pudieron entrar en el cementerio y llegar a la tumba del pequeño asesinado diez años atrás.

Seguía abierta.

Por lo menos, nadie se había dado cuenta del hecho.

Se sentaron en el suelo, a un lado de la tierra removida. La pala la llevaba Malcolm.

Patrick dejó a Horace sobre la lápida antes de secundar a sus compañeros.

El niño los miró desde arriba, bañado por la luz de la luna, que ya no estaba llena, sino decreciente.

Su cuerpo parecía brillar.

Fuego blanco.

—Bueno —suspiró.

Nadie supo qué decir.

Lo hizo el propio Horace, expresando el sentimiento de todos.

—Ha sido genial volver a veros, chicos.

Los cuatro miembros adultos de la sociedad secreta contuvieron la emoción.

—Eras el mejor de todos nosotros —dijo Malcolm.

—El más listo —convino John Paul.

—El perfecto líder —manifestó Patrick.

—Seguro que Harriett Surrey te habría elegido a ti —apuntó Robert.

Los otros tres no pudieron evitar una sonrisa sardónica.

—No lo habría conseguido sin vuestra ayuda —continuó Horace.

—Dale las gracias a este —Patrick le revolvió el pelo a Mortimer—. Todo ha sido por él.

—No sabemos mucho de Don Secretos, pero... —le dio un codazo Malcolm—. Parece legal.

Mortimer se puso rojo.

Y aún más cuando Horace dijo:

—Deberíais contar con él. Ya sé que es pequeño, tiene mi edad y vosotros ya sois mayores, pero es bueno. Los Invisibles siempre fuimos cinco.

Miraron al candidato.

—Los Invisibles éramos los del orfanato —lamentó John Paul.

—No —insistió Horace—. Siempre lo seremos. Juntos somos invencibles.

Faltaba muy poco para la medianoche, apenas un par de minutos.

—Fuiste muy listo al dar con nosotros —opinó Patrick.

—Gracias a ti se ha hecho justicia —dijo Malcolm.

—¿Estarías a nuestro lado con todo y para todo? —le preguntó John Paul al aprendiz de brujo.

—Sí —exhaló con un hilillo de voz.

—¿Qué decís? —Robert abarcó con la mirada a sus tres amigos.

—¿Quieres ser de los nuestros? —le preguntó Patrick.

Mortimer no pudo hablar.

Solo asintió con la cabeza.

—Bienvenido al club —le tendió la mano Malcolm.

Se la estrechó mientras el resto le palmeaba la espalda.

Pese a la alegría del momento y el hecho de sentirse abrumado, fue Mortimer quien se dio cuenta de que Horace se iba a caer.

—¡Cuidado!

Patrick llegó el primero. Lo sujetó y, mansamente, lo dejó en tierra. Los últimos instantes de la segunda y breve vida de Horace los iluminó con una sonrisa.

—Gracias —musitó—. Ahora descansaré verdaderamente en paz.

Todos evocaron en sus mentes la figura de Jonas Petigrew entrando enloquecido en la comisaría de policía, gritando que era un asesino, que quería confesarlo todo, que...

—Hasta dentro de unos años, amigo —se despidió Patrick.

—Nos reuniremos contigo y pondremos el cielo patas arriba —bromeó John Paul.

—No te muevas, ¿eh? Espéranos —mantuvo el tono Robert.

—Y come algo, que estás muy delgado —completó el coro Malcolm.

El último fue Mortimer.

—Suerte —le deseó.

Horace cerró los ojos.

En el lejano campanario, sonó la primera de las doce campanadas de la medianoche.

Epílogo:
Al día siguiente...

19
Un futuro perfecto
(...o casi)

Aquella mañana, el *Daily Today* estaba encima de la mesa.

La noticia había corrido tanto, y tanto, como una crecida imparable del río por toda la ciudad, que hasta Peter Hawthorn-Thorne Haggath se había hecho eco de ella, al margen de lo que le había contado el propio Mortimer, testigo de los hechos al seguir al alcalde hasta su entrada en la comisaría.

El artículo de Patrick Beck estaba en primera página, con un enorme titular que ocupaba la portada de lado a lado:

«JONAS PETIGREW CONFIESA UN CRIMEN».

Debajo, otros titulares menores resumían un poco el texto minuciosamente escrito por el periodista:

«Fin de la carrera política del alcalde». «Dejó morir a un niño que atropelló borracho hace una década». «De la cárcel al manicomio, el camino que va a seguir».

El brujo leyó los detalles en el artículo una primera vez, con la avidez de un sediento.

Y una segunda, para degustarlo.

Y una tercera, para saciarse con él.

Mortimer prefería callar.

Su cara era de máxima inocencia.

Cuando el profesor Haggath dejó el ejemplar sobre la mesa, sonreía.

Mucho.

—Bien —suspiró.

—No sabía que usted conocía al alcalde —habló por fin Mortimer.

—Lo conocía, en efecto.

—¿Era una mala persona?

—Sí. Más que otros. No olvides que todos

tenemos un lado bueno y uno malo, y no siempre gana el primero.

—Lo imagino.

—Ayer te pedí que le siguieras porque comprendí que se había vuelto loco.

—Desde luego lo parecía.

—Lástima que no acabe en la cárcel.

—Pero un manicomio es peor, ¿no?

—Mucho peor.

—Los remordimientos deben de ser algo muy duro.

—Algo peor que sus visiones debió de sucederle para que, diez años después, se acordara de ellos.

—¿No dice usted que a veces las enfermedades tardan en salir y que, al nacer, en nuestro organismo ya están escritas muchas de las cosas que nos sucederán en la vida?

Los perspicaces ojillos del alquimista le escrutaron.

El niño supo que algo sucedía.

—Es curioso —dijo de pronto su amo—.

Dice el periódico que el niño al que mató Petigrew está enterrado en el cementerio de Parr-Harway.

Por suerte, la luz de la vela quedaba algo apartada de su rostro.

Su amo no debió de ver cómo palidecía un poco.

—¿Ah, sí?

—Sí.

—¿Y por qué es curioso? —se vio obligado a preguntar ante el silencio del brujo.

—Es el cementerio al que llevaste aquella poción hace tres noches.

—Es cierto —fingió hacer memoria Mortimer.

Los ojillos de Haggath lo atravesaron aún más. Pudo sentirlos en su mente, como si se la revolvieran, escudriñándosela con minuciosidad.

—¡Qué casualidad!, ¿no? —dijo con apabullante indiferencia el alquimista.

—Sí, sí.

—Según el periódico, Petigrew se entregó gritando que veía el fantasma de ese niño.

—Ah.

—Según él, hasta lo tocó, y se le cayó un brazo.

—Si ya se había vuelto loco... Yo creo que después de tantos años le remordería la conciencia.

—Jonas Petigrew no tenía conciencia.

Incapaz de continuar como si nada, Mortimer se dispuso a recoger la mesa.

—¿Quiere algo más, señor?

—No.

—Entonces...

—Espera —lo detuvo.

Mortimer se sintió mareado.

Caminaba por el filo de la navaja.

—¿S-s-sí, señor?

—Hoy estoy contento —dijo el profesor Haggath—. Para mí es el final de un largo camino. El final con final feliz, valga la redundancia —llegó a sonreír como Mortimer no recordaba haberlo visto sonreír jamás en aquellos tres años—. Dime, ¿qué harías con una moneda de oro?

Se quedó alucinado.

—No lo sé.

—¿Comprarte algo, guardarla para el día de mañana, libros, juguetes...?

—Nunca he tenido una moneda de oro, señor. Por lo tanto...

Peter Hawthorn-Thorne Haggath le lanzó una moneda de oro al vuelo.

Mortimer la atrapó por mero instinto.

—Después de todo —dijo el alquimista—, ya no necesito ahorrar. He ganado la apuesta. Soy rico.

—¿Es para mí? —no pudo creerlo Mortimer.

—No es solo eso. Creo que ya estás a punto para ser algo más que mi ayudante. Tu instrucción comenzará mañana. De momento con cosas sencillas, ¿te parece?

—Oh, señor...

—Si quieres tomarte hoy el día libre...

Algo estaba cambiando.

Todo estaba cambiando.

Mortimer estuvo a punto de abrazarle.

Como haría un hijo con su padre.

Se contuvo.

Habría tiempo para ello si, como parecía, el futuro se convertía en un perfecto destino, con un sembrado plácido para llegar hasta él.

Su amo humanizado.

Y su nueva familia, Los Invisibles.

—Señor, ¿puedo preguntarle algo?

—Adelante.

—Si es capaz de hacer pociones que incluso devuelvan la vida a una persona muerta, ¿cómo es que no puede hacer una que le permita volver a andar?

—Te lo dije: la magia, el poder de la alquimia, es poderosa; pero, por un lado, precisa de una enorme fuerza de voluntad por parte de la persona a la que vaya destinada, y, por otra parte, no siempre funciona con

uno mismo, porque es parte implicada en el proceso. Las fuerzas chocan, se equilibran una a la otra, se neutralizan... Daría toda mi fortuna por volver a andar, y es justo lo que no puedo hacer. Bien que lo siento. Durante años he vivido amargado por ello y por una derrota. Ahora la derrota ha sido vengada y lo otro... Ya me he acostumbrado a ir en esta silla. Lo importante es que nadie sepa lo que hago, porque me condenarían. ¿Estás de acuerdo?

—Sí, señor.

—Pues muy bien.

Mortimer se sintió feliz como nunca se había sentido.

—Creo que voy a gastar esta moneda en comprarle el mejor asado para hoy, señor —dijo—. Después de todo, yo no necesito nada. Además, conozco a un sastre que le hará el mejor de los trajes para que salga a la calle, y a un gran orfebre de la carpintería que le construirá una silla única y excepcional con la que moverse todavía más cómodamente.

No le dio tiempo a decir nada.

Salió de la habitación.

No vio la gota de humedad en los ojos del brujo.

Cuando se cruzó con Plimton en la puerta, avinagrado como siempre, le gritó con el mejor de los ánimos:

—¡Buenos días, Lucius! ¿Verdad que hoy el sol está espléndido?

Lucius gruñó.

Pero supo que algo raro, muy raro, sucedía, cuando escuchó canturrear a su amo, el gran Peter Hawthorn-Thorne Haggath.

Autor:

Nació en Barcelona en 1947. Empezó a escribir a los ocho años y a los doce decidió que su vocación era ser novelista. Sin embargo, seducido por la música, inició su andadura profesional como fundador o director de algunas de las revistas más influyentes en España. Ha cultivado todos los géneros y ha escrito más de 400 libros, con más de once millones de ejemplares vendidos. Ha conseguido los más prestigiosos galardones literarios a ambos lados del Atlántico, entre ellos el Premio Edebé Infantil en 1994 y el Juvenil en 2006. Premio Nacional de Literatura en 2007, ha sido así mismo dos veces candidato al Nobel Juvenil, el Premio Andersen. Viajero incansable, en 2004 creó la Fundació Jordi Sierra i Fabra en Barcelona (España) y la Fundación Taller de Letras Jordi Sierra i Fabra en Medellín (Colombia). Más información en www.sierraifabra.com.

Ilustrador:

Francisco Ruizge nació en Callosa de Segura (Alicante) y estudió Bellas Artes entre Valencia y París. Después, impartió clases en la universidad y en diferentes escuelas de arte. Como ilustrador ha trabajado principalmente para el mercado francés y su obra ha sido publicada en Bélgica, Holanda, Italia, Alemania y España. Para saber más puedes ir a:

http://ruizge.blogspot.com/, o a: www.ruizge.com